平家物語

The Tale of
THE HEIKE
Mariko Hayashi

林真理子

小学館

平家物語

目次

＊カバーおよび表紙の写真は、
千珠島、満珠島を見渡す、壇ノ浦の夕景。
＊本文内にある「＊」には、巻末に注解があります。

監修　櫻井陽子
カバー、表紙写真　鈴木理策
ブックデザイン　鈴木成一デザイン室

序、治部卿局

六

陽《ひ》ざしは正午に近いことを告げていた。

しかし波のかなたに見える敵の船は、ぴくりとも動かない。

「いったい、いつ……」

始まるのであろうか、と言いかけて治部卿局《じぶきょうのつぼね》は言葉を呑《の》んだ。始まる時は、自分たちの終わりの時とわかっているからである。

小舟には治部卿局を含めて、四人の女と幼子が一人乗っていた。幼子は知盛《とももり》*の第三子知忠《ともただ》である。そして治部卿局とは、平家一門の中でも中心的存在、平知盛の北《きた》の方《かた》*であった。本来なら大きな御座船《ござぶね》に乗る身分であるが、わざと粗末な舟に乗せているのは、夫、知盛の命《めい》である。身分が高い人々と勘づかれぬようにという配慮であった。

だから主上《しゅじょう》*も二位尼《にいのあま》*や乳母《めのと》たちと共に、ありふれた小舟にお乗せしている。正面の大きな帆をかけた御座船に乗っているのは、戦力となる中堅の武士ばかりだ。

空は曇っているが、波はどこから光を得たのかキラキラと光っている。この壇《だん》ノ浦《うら》の海峡は狭いゆえに潮の流れが大層速い。波は光りながら敵のいる方向に走っているように見える。

しかしこちらの大将宗盛《むねもり》＊も命を出さず、あちらの大将もしんとして動かない。両者は睨《にら》み合ったままなのである。

知忠が突然声を発した。

「島がある」

確かに舟の後ろには、ちんまりとした小さな島が二つ並んでいた。

「人はいるのであろうか」

「これほど小さい島ゆえ、住んでいるのは鳥だけでありましょう」

水夫《かこ》は赤茶けた顔をした老人であるが、陽に灼《や》けているだけで本当はもっと若いのかもしれぬ。彼は答える。

「干珠《かんじゅ》島と満珠《まんじゅ》島＊と申します」

治部卿局は眉をひそめた。これほど下賤《げせん》な者が直答《じきとう》するとは、普通ならあり得ないことだ。しかしたった五人の人間がひしめき合って座っているのだから、これは仕方ないことかもしれない。

しかも治部卿局も女房もかさばる晴れの装束に身を包んでいた。長い逃亡生活でも持ち運んでいた葛籠《つづら》の中から取り出したのは、紋が浮き出ている紅梅襲《こうばいがさね》＊の表着《うわぎ》に深い紅《くれない》の袴《はかま》である。

昨夜、追い立てられるようにして舟に乗った平家の女たちであるが、みな一様に死を覚悟してた。治部卿局ももはや平家の運命もこれまでと思っている。いざとなったら海に飛び込めばよい。五衣唐衣裳《いつつぎぬからぎぬも》＊は死出のためのものなのである。

知忠にも、二藍《ふたあい》*の半尻《はんじり》*を着せた。髪はみずらに結っている。年頃の近い主上と出来るだけ同じようにするというのは、夫の知盛とかねてより打ち合わせていたことであった。

敵の源氏方は、主上のお命と三種《さんしゅ》の神器《じんぎ》*をどんなことがあっても持ち帰らなければならないはずだ。都ではわずか四歳の尊成《たかひら》*親王が皇位に就《つ》かれたというが、三種の神器がなければ正式の主上とはいえない。

源頼朝《みなもとのよりとも》が何よりも怖《おそ》れていることは、追い詰められた平家が、主上と三種の神器を海に沈めることだ。どんなことがあっても、それは阻止しなくてはならない。

海の上では主上と知忠、幼子が二人それぞれの舟で涼んでいる。知忠が身代わりになっている守貞宮《もりさだのみや》は、主上と同じ年頃だ。背丈もほぼ同じで、源氏の兵が見わけがつくはずはない。知忠を敵が主上とも宮とも思い、お救いしようと近づいている隙に、主上は入水《じゅすい》される手だてになっている。

なにも数え八つの童子をお死なせしなくてもいいと思うのであるが、これは平家の首脳陣と二位尼御前《あまごぜ》が決めたことなのだ。清盛《きよもり》と尼御前との姫君、徳子《とくこ》が産んだ主上は、平家が負けた時は運命を共にしなければならないと、誰もが考えているのは不思議なことであった。

わが子、知忠は生きて都に帰したい。守貞宮の替え玉と言い張れば、無事に帰してくれるはずだ。いずれ罪を負うかもしれないが、この冷たい海の中に身を沈めるよりもはるかによい。

主上は母君である建礼門院《けんれいもんいん》*と二位尼がお守りし、守貞宮は治部卿局がお連れ申した、という風に世間に思わせると、知盛たちが決めたのである。それが平家の再興のためになることと夫から言いつけられていた。

そのために主上や守貞宮と同じ年頃のわが子を、宮に見せかけて連れてきたのだ。本当の守貞宮は、母君が都で密《ひそ》かにお守りしている。もし主上に何かあっても、守貞宮が生きて三種の神器をおもちになればまだ平家は生き延びられるかもしれない、というのが夫の判断だ。

が、当然のことながら自分は死ぬつもりである。もう覚悟は出来ている。

小半刻《こはんとき》前、小舟に乗った知盛がやってきた。息子の様子を見に来たのである。

「戦《いくさ》はどうなっているのですか。いつ敵は動き出すのですか」

治部卿局が問うと、

「夕刻までには決着がつくはずだ」

こうしている間にも、四国の豪族たちの船が源氏側に集まってきていると言った。

「それまでに舟の中の見苦しいものを捨てるように」

舟の中には局たちが用をたす樋箱《ひばこ》*が置かれている。そうしたものを早く海中に捨て去るようにと知盛は命じた。そして妻の顔を見つめる。おそらく別れを告げているのだ。

かつては平家一門の中でも、一、二を争う美貌《びぼう》の奥方と言われた治部卿局であるが、長い逃亡生活で頬はこけ、肌も髪も色艶をなくしている。死出の旅のために白粉《おしろい》をつけ紅をさしているが、たいした効果はあるまい。

「もうじき珍しいあずま男*たちが、たっぷり見られるはずだ」

と知盛は言い、突然声をたてて笑った。

「まあ、なんとひどいことをおっしゃるのか」

傍《かたわ》らの若い女房がわっと伏して泣き出した。見られる、といっても見物というわけではない。そこまで近くに来るということ、つまり陵辱《りょうじょく》されることを意味しているのだ。

捕らえた女は敵の戦利品になるということは、治部卿局とてわかる。窶《やつ》れきっているといっても、美しい都育ちの女たちは、東国の男たちの垂涎《すいぜん》の的だと聞いていた。からめとられる前に、この女房も自分も海に飛び込むつもりだ。その時は水夫に頼んで知忠は置き去りにしよう。敵もまさか守貞宮と思っているわが子に手荒なことはすまい。

治部卿局はその昔、遠い物語のように聞いた女たちのことを思い出した。今、あちら側の船の中にいる九郎判官《くろうほうがん》 源《みなもとの》 義経《よしつね》、その母は常盤御前《ときわごぜん》と呼ばれた絶世の美女であった。常盤は義経を含む息子三人の命を助けるため、清盛に身を任せたのだ。

負けた側の女は、自らを貢ぎ物にするのである。自分はそのようなことが出来るであろうか。いや、出来ない。自分は平家のために、わが子を犠牲にしようとしているのだから。

あまりにもつらいことが多過ぎて、ひょっとしたらこれは夢なのではないだろうかと、治部卿局は考えることがあった。

この舟の上に揺られているのは夢で、目が覚めると、都の屋敷のやわらかい褥《しとね》*にいるのではないかと。しかしすべては夢ではなかった。何日も舟の中で過ごしたことも、裸足で海岸を歩いたことも。雨が漏るあばら家で暮らしたことも。

そして治部卿局の悪夢は、あの都落ちに始まっているのである。

寿永《じゅえい》*二年七月二十五日とはっきりと日にちで憶《おぼ》えている。

その三日前の夜半、六波羅《ろくはら》*がひどく騒がしくなった。今すぐに木曽義仲《きそのよしなか》が攻めてくるというのだ。

木曽の軍勢は五万騎。もう北国《ほっこく》を出発して、そのうち六千騎が比叡山《ひえいざん》にのぼっている。そして衆徒《しゅと》*三千人を味方にして、もうじき都に到着するというのである。

平家の者たちがあわてふためくさまは尋常ではなかった。比叡山がもはや命運尽きた平家を見限り、源氏についたのである。

こうなったら方々に軍を動かすしかない。夫の知盛は、弟の重衡《しげひら》*と共に三千騎をひきいて都を出発した。通盛《みちもり》、教経《のりつね》*たちも宇治橋《うじばし》に向かう。そして行盛《ゆきもり》と忠度《ただのり》*は淀《よど》の道へと、平家の主《おも》だった男たちが守備にまわったのである。

しかし勢いをつけた源氏軍は、こちらの想像以上に味方を増やしていた。矢田判官代《やだのはんがんだい》*も、大*江山を越えて都に攻め入ると聞いた時、

「あの者もついに……」

と治部卿局は深いため息をもらしたものだ。武士は寝返ったり、心変わりすることはよくあること。生き延びるためには、いたしかたないことと日頃知盛に教えられていたが、治部卿局はなんとも口惜しい。昨日まで平家の力にすがって生きてきた地方の有力武士までが、今度はこちらに矢を向けるという。人の世の義はどうなっているのだろうと憤るほど、自分は平家の

人間になったのだとつくづく思う。

知盛と結ばれたのは、十六歳の時であった。清盛の正妻、時子《ときこ》に仕える治部卿局に、知盛が懸想《けそう》したのである。

平家の公達《きんだち》*は、みな美男で優美なことで有名であった。歌もよくするし、笛、琵琶《びわ》の名手もいる。その中にあって、知盛は武骨という評があった。顔もいかつく、歌を詠むより馬を乗りまわしていた方が性に合う。

治部卿局はといえば、あまり気に染まぬ縁談であった。もともとは貴族の家柄の藤原忠雅《ふじわらのただまさ》*の娘である。公卿《くぎょう》*の雅《みやび》の中で生きてきた自分が、はたして武門の家に嫁いでよいものだろうかというのは言いわけで、知盛にそう惹かれていなかったというのが正しい。

世の中は、

「平家にあらずんば人にあらず」

という傲慢な言葉どおり、すべての人間が平家になびいていく。以前は歴然と分けられていた公卿と武士の世界であったが、武門のはずの平家の人々が、高い地位を授かり、貴族社会をも席巻しようとしていた。

父にしても、

「成り上がりたちが」

と口にしていたものであるが、いつのまにか平家との縁談を推し進めていた。兄の兼雅《かねまさ》*は清盛の娘と結婚しているのだ。といっても正妻時子との子どもではない。別腹ではあるが、幼い時から時子がひき取って養育していた。

この兄嫁にはなんの不満もないが、世の中すべての者が、平家の機嫌をとり結ぼうとしていることが、若い治部卿局にとっては腹立たしいことであったのだ。

そんな局を根気よく説得したのは時子である。

「わが夫相国殿《しょうこく》*には、あまた御子がいらっしゃることはご存知であろう。ご長男重盛《しげもり》殿は私の腹でもないし、はて、外にも何人かおいでのはず。しかし相国殿が、いちばんの愛子《まなご》とおっしゃるのは、知盛殿なのですよ。ご自分といちばん似ていらっしゃるとのことだが、私はちと違うような気がする。相国殿の剛胆さはないけれど、知盛殿は知恵の深いお人だ。わが子のことを、そのように誉《ほ》めてどうするのだと言われそうだけれども、私はこれからの平家を束ねていくのは知盛殿だと密かに思っているのですよ」

それに、と続けた。

「あなたは子どもの頃からよく知っていて、私のところに来てもらったお方だ。あなたが平家の人となってくれれば、どれほど嬉《うれ》しいことだろうか」

と、時子にうまく説き伏せられた感じであった。

結婚の頃、父、忠雅は太政大臣《だいじょうだいじん》まで上り、兄、兼雅だけでなく、妹である治部卿局も平家に縁づいたことで平家との結びつきはさらに強いものとなった。

そして肝心の知盛であるが、子を五人なしながらも、治部卿局は夫としんから近寄ってはいない己を感じているのである。知盛は世間で言われているように、武の男ではなかった。歌を詠んでいることも知った。が、それを披露するわけでもなく、密かに自分の心の中で反芻《はんすう》しているようなのだ。

そういう時はすぐにわかる。夫はつぶやきながら遠いところを眺めている。あのような顔を見せるようになったのはいつ頃からだったろうか。考えるとそれは平家の黄昏《たそがれ》と重なるのである。

そう、平家がゆっくりと暮れていくことは女の自分にもわかっていたことではないか。しかしそれはもっとゆっくりやってくると考えていた。自分や知盛が老いて、もはやすべての責任もなくなった頃、やがて終焉《しゅうえん》はくるのではないかと。

しかし、あの日、突然黄昏は切って落とされ、夜の闇が始まったのである。

こうして舟に乗り、もうじき戦が始まろうとしているのと、どちらが怖ろしいかと問われれば、都落ちの日だと治部卿局は答えるだろう。

今なら敵の姿も、遠く向こうにはっきりと見えているのだ。そして覚悟も出来ている。いざとなったら、海に飛び込みさえすればいいのだ。潮はすぐ目の前、手を伸ばせば届くところを光りながら走っている。

しかしあの時は何も見えてなかった。怖ろしい噂《うわさ》だけが、誰よりも早く都に到着し、つむじ風のように旋回していた。

木曽義仲の軍勢は、既に五万騎を超えている。ここで戦っても、とても勝ち目はないだろう。

源氏は都を占拠したら、すぐに掠奪《りゃくだつ》を始め、家々に火をつけていく。男はただちに首を刎《は》ねられる、女は若くて美しければ連れ帰り、そうでなければその場で殺される。そして平家の子どもたちは、隠れていても探し出され、その父や兄と同じように首を刎ねられるのだ……。

身の毛もよだつような話がひととおり終わった後、さらに怖ろしい出来ごとを女たちは男たちから伝えられた。

「後白河《ごしらかわ》*の院がお逃げになった」

後白河法皇と平家との不思議な関係は、いったいどう言えばいいのだろうか。

清盛が生きていれば、もっとわかりやすかったのかもしれない。法皇は清盛のことがお嫌いであった。

「どこまでつけあがるというのか」

という怒声を何人もの者が聞いている。平家打倒を誓ったあの有名な「鹿谷《ししのたに》」*の密約の場にも、後白河法皇がいらしたことを知らない者はいない。

それでも清盛が生きていた頃は、平家と法皇との間には奇妙な均衡が保たれていた。法皇も平家なしでは、政《まつりごと》もご自身のお暮らしもやっていけないことをよくご存知だったのだ。

だから平家の者たちは、当然後白河法皇も、平家と運命を共にしてくださると考えていた。一緒に西国にお連れするつもりだったのに、法皇はすばやくそのことを察知なされた。そして一人だけを供《とも》にして、こっそりと御所を逃げ出された。あのように身分の高い方が、よくそのようなことが出来たと思うが、夜の闇に乗じて鞍馬《くらま》に移られたのだ。

後白河法皇が消えた。

このことはすぐに平家の者たちにも伝わり、宗盛が御所に向かうと、女房たちはみなしくしく泣いていたという。

「どこにお移りになったのか」

と宗盛が尋ねても、誰一人知らなかったという。

平家の人々は、主上と法皇とを西国にお移ししなければならなかった。主上と祖父である後白河法皇がいらっしゃれば、そこの場所が御所となり、仮の都となる。ここを攻めることは「朝敵」となることなのだ。

それを充分知り抜いているからこそ、法皇はお逃げになったに違いない。

ともかく、主上だけはお連れしなくてはと、御輿《おんこし》が用意されたのは午前六時のことである。主上はまだ数えの六歳でいらっしゃるので、母君である建礼門院さまが同じ輿に乗るのを大層喜ばれた。身分が高い方々は、母君でもめったにお会いにならないのだ。

その他の者たちには、牛車《ぎっしゃ》が用意された。

「最低限の荷物だけを持つように」

と言われたが、女たちがいるとなればそうはいかない。つきそいの女房は三人までと決められ、治部卿局は女たちに告げた。

「ついてくる者はついてくればよい。里に帰る者はこの場で帰りなさい」

もうこの時は逃げた者も多かったが、正直に帰るという者には、衣装、大陸渡来の器や小物を与えた。

「こんな高価なものを……」

と尻込みする者には、

「いいのですよ。おそらくこの屋敷も火をつけられることになるだろう。灰になるよりはいい」

と局は寂しく笑った。屋敷は焼いていくと知盛に聞いていたのだ。

が、出発する前にまだしなくてはならないことがある。治部卿局は子どもたちを連れ、朱雀《すざく》大路《おおじ》沿いの実家に急いだ。

「まあ、こんな時に」

出迎えてくれた母は、半分涙声である。

「平家の方々は、次々と都を去られたとか。あちこちで、牛車が行って大変な騒ぎになっているそうですね。いつ来てくれるかと思っていましたよ」

「おたあさま」

もう時間がない。局は両手をついた。

「平家の運は尽きて、私ももうじき西へ行くこととなりました。つきましては心残りの子どもたちのことでございます。嫡子《ちゃくし》知章《ともあきら》は戦列に加わっておりますゆえ、ここにいる娘をどうぞ預かってくださいませ」

末の娘は三歳だ。

「知忠は……」

「知忠は連れてまいります。あの者にはお役目がございますから」

「むごいことですねぇ」

すべてを悟った母は涙をぬぐった。

「わが子をそのように戦に連れていくのですね」

「はい」

治部卿局は後ろに控えている娘を振り返った。ただならぬことが起きているのは感じているものの、久しぶりの祖母の家にはしゃいでいる。

たぶん娘とも今生の別れであろう。自分は落ちていく先で、たぶん消えていく命である。そしてこの知忠も……。

「おたあさま……」

膝を寄せていき、声を潜《ひそ》めた。

「源氏がやってきますれば、どうぞ娘のことをお守りくださいませ」

男子は殺されるが、女子は見逃してくれるはずだ。しかし、

「平家の子どもとわかりましたら、どのようなことになりますか」

その時、母は意外なことを口にした。

「あなたは行くことはないのです」

局は頭を上げる。

「都に残る方も大勢いると聞いています。あなたは平家に嫁がれましたが、もともとは藤原の人間ではありませんか。嫁いだ女は、もともとの氏《うじ》を問われるはず。あなたは藤原の人間なのですよ」

「それはありません」

首を横に振った。

「私はもはや平家の人間なのですよ。子どもたちも平家の子どもたち……」

そう口に出したとたん、あまりの忌《いま》わしさにぞっとした。

「平家の子どもたち」

という言葉には、もう死の影がついているような気がした。

そして知忠と二人、牛車に乗った。予想していたことであるが、当主である父は、落ちていく娘と会うことはない。

「母上、これからどこへ行くのですか」

と、知忠は尋ねた。

「もっと西に行きましょう」

それから治部卿局はあらたまってこう言った。

「今日からはあなたが守貞宮になられるのですよ。だからそのようにふるまいなさい。母もそうします。もう今日からはすべてが違うのです。もう私のことを母と呼んではいけません」

知忠はこっくりと頷《うなず》いた。あまりの愛らしさに局は涙が出そうになる。もう娘は置いてきた。

今日からはこの子だけを見つめ、守貞宮として守るのだと心に決める。

牛車の歩みは遅い。夜半に出発したものの、まだ西七条のあたりである。局はこのあたりに守貞宮の母親が住んでいることを思い出した。

もしかすると守貞宮がかくまわれているかもしれない。挨拶をすべきだろうか。

いや、それは必要あるまい。今、企《くわだ》てを話すのは、主上の母上、建礼門院に対する背信のような気がしたのである。

守貞宮、そして第四皇子尊成親王の母は、殖子《しょくし》*という。建礼門院がまだ中宮《ちゅうぐう》でいらした頃、女房として仕えていて高倉《たかくら》*天皇のお手がついたのである。

まことに畏《おそ》れ多いことであるが、高倉天皇という方は、非常に女色がお好きな方であった。徳子中宮の外にも、小督《こごう》*という美しい女房にうつつを抜かしたことがある。しかし妻に仕える女房を寝所《しんじょ》にお召しになるのは、あまりにも心ないことと、あの頃平家の女たちは密かに憤慨したものである。

殖子は修理大夫信隆《しゅりのだいぶのぶたか》*の娘だ。信隆は年頃の娘があまたいたため、とんでもない野望を抱いた。娘の一人がどうにか皇后にのぼって欲しいものだと考えたのだ。

普通の人間ならば、これは自分一人の夢想としたことであろう。しかし信隆は本気だった。占いによって白いにわとりを千羽飼ったのだ。千羽飼えば必ず、娘たちの中から皇后に立つ者が現れるだろうと。

千羽のにわとり、それもすべて白。

気が遠くなるような話であるが、信隆はそれをやり遂げたのである。そしてまず第一段階として、殖子が高倉天皇の子を出産した。

が、これは信隆にとって難問題となった。まだ清盛が生きている頃だったので、その怒りを怖れたのだ。なにしろ清盛は、高倉天皇が寵愛《ちょうあい》なさった小督を追い出しただけでなく、尼にさえしてしまったほどなのだ。

だから信隆殿は孫たちの行く末に苦慮した。殖子殿の産んだ第二皇子である守貞宮は、無名の寺に預け、第四皇子は法勝寺《ほっしょうじ》*の執行能円法印《しゅぎょうのうえんほういん》*殿がご養育していたのである。

この時はまだ、不運な四番目の皇子であられたのだが、後に皇位に就かれようとはいったい誰が想像したことであろう。

落ちていった西国でも、その話は伝わってきていた。

平家の者たちが去った後、後白河法皇は新しい天皇を誕生させなくてはとお考えになる。安《あん》徳《とく》天皇と第二皇子、守貞宮は平家の者たちと西の海の上にいるらしい。三種の神器はあちら側にあるものの、権力はこちら側にある。主上がまだ皇位にあるうちに、自分の手で新しい天皇をとは、いかにも法皇がお考えになりそうなことだ。

噂によると、後白河法皇のもとに連れてこられた第三皇子は、法皇を怖がって大層むずかられたということだ。

しかし四歳の第四皇子は、法皇の膝に乗りにこにこと笑われた。

法皇は大層お喜びになり、その子どもは皇位に就かれた。後の後鳥羽《ごとば》天皇である。

なんという馬鹿馬鹿しい話であろうか。老人を怖がらなかったというだけで、天皇になるとは。

本当の天皇は、あそこ、すぐ近くの小舟に揺られている方、そして弟宮は、今自分が抱いている子どもだ。守貞宮に見せかけたわが子知忠である。自分は死ぬけれども、知忠は必ず生きて都に帰さなくてはならない。水夫にしっかりと言いつけておこう。敵に捕らえられても守貞宮としてふるまうのだ。そうすれば生きて都に帰れる。

自分たちが水に飛び込み、無人となった舟にわが子は一人残される。どうか無事なままで源氏に引き渡してほしい。

そうだ、この櫛《くし》を水夫に下そう。蒔絵《まきえ》のついた見事な細工のものだ。そして先ほどの無礼も許してやろう。

櫛を髪からとろうと頭をあげると、源氏の船が大きくなっていた。近づいているのだ。敵の声も聞こえる。何かわめいている。死ぬ時も近づいてきた。

一、入道相国清盛

一

私は名もない琵琶《びわ》法師でございます。

はい、まだいるのですよ。あの大きな琵琶を持って語る私たちのような盲目の者が。平家が滅びてから、もう六百八十年以上たっているのに、こうして平家の物語を語り継いでいるとは、さぞかし不思議なことと思われるでしょう。

しかしいつでも、この世には、戦《いくさ》があり、敗者と勝者とがいます。つい先頃の御一新《ごいっしん》*でも、日本各地でたくさんのおさむらいが亡くなりました。そういう方と家族のために、私たち琵琶法師は語ってまいります。

「平家物語」の語りは、もの悲しい調べとよく言われます。お経のようだとおっしゃる方も多いのですが、それはあたっています。私たち琵琶法師の祖先の多くは、生きる術として僧侶のまねごとのようなことをして生きてきたのでございますから、こうして亡くなった方々の魂をお慰めしているのです。昔はもっとそのことが信じられていたに違いありません。さまざまな屋敷に呼ばれ、そこでの「平家物語」の語りに、みな涙したと言われています。目の不自由な法師たちも、大変厚くもてなされたと聞いています。

私たちが今、語るのは鎌倉の時代、どなたかが書いたものを、それにまた誰かが付け加え、直していったものを、私たちの祖先の琵琶法師が語るようになったものだと言われております。ところどころ偽りがあるのもそのためでしょう。室町時代の名人の明石覚一《あかしかくいち》*というお人は、自分の死後にさまざまな混乱が起こることを防ぐため、自分が語ったものをすべて書かせたのです。そういう立派な方がいたために、今の私たちも鎌倉の時代のものと、ほぼ同じものを語ることが出来るわけです。

私のことをくどくどと申しました。それではどうか「平家物語」をお聞きくださいませ。これは三十年という早さで消え去った、この世でいちばん美しい敗者の物語でございます。

祇園精舎《ぎをんしゃうじゃ》の鐘の声
諸行無常《しょぎゃうむじゃう》の響《ひびき》あり
娑羅双樹《しゃらさうじゅ》の花の色
盛者必衰《じゃうしゃひっすい》の理《ことわり》をあらはす
おごれる人も久しからず
唯《ただ》春の夜《よ》の夢のごとし
たけき者も遂《つひ》にはほろびぬ
偏《ひとへ》に風の前の塵《ちり》に同じ

と申しましても、全盛期の平家に、これほど早く滅びる日がやってくるとは、いったい誰が想像出来たでしょうか。

この国には六十六ヶ国がありましたが、そのうちの半分を平家が領地としていたのです。そこから上がってくる米が、どれだけ莫大なものであったか。それ以外に宋《そう》との貿易でも信じられないほどの富が、この一族にもたらされていたのです。

平家の本拠地である六波羅《ろくはら》には毎日のように牛車《ぎっしゃ》や馬に乗った人たちがやってきます。ご機嫌伺いや頼みごとをする人たちで、まさに「門前市をなす」ありさまでした。

一族の方たちはみな高位に就き、ご子息が兄弟で左右の大将に就くほどです。極めつきは姫君の一人が入内《じゅだい》され、皇子を産ませたもうたのですから。清盛《きよもり》さまほど出世なさった方は本朝始まって以来のことと言われたものです。

清盛さまの父親、忠盛《ただもり》*さまの時代よりさらに以前は、武士などというのは、地下人《じげにん》*の頭。皇族を守る番犬のような存在でございました。

とはいうものの、もともと平家というのは帝《みかど》の血を引いています。あまりにも昔のことでまるで物語のようですが、平安京をおつくりになった桓武《かんむ》天皇という方がいらっしゃいました。この方の五番目の皇子に葛原《かずらはら》親王*という方がいて、ここから九代下がって讃岐守《さぬきのかみ》正盛《まさもり》さまの嫡《ちゃく》男《なん》が忠盛さま、そう清盛さまの父上なのです。いくら先祖が帝といっても、忠盛さまの頃まできますと皇室から離れており、平《たいら》という姓を賜っています。

清盛さまの父親、忠盛公はこうしたご系図を持ちながら、どれほどの屈辱をおなめになったことでしょうか。貴族たちの陰湿ないじめに何度おあいになったことか。

その頃忠盛さまも、異例とも言える出世をお遂げになっていらっしゃった。それというのも、鳥羽《とば》*上皇さまがこの誠実で才能ある武人を愛されたからです。忠盛公は三十三間*の御堂に千体の御仏を安置し、これを鳥羽上皇に献上いたしました。この頃既に忠盛公は、伯耆守《ほうきのかみ》、越前守《えちぜんのかみ》、備前守《びぜんのかみ》に任ぜられ、かなりの財をなしていたのです。

鳥羽上皇さまは大層喜ばれて忠盛公を但馬守《たじまのかみ》にしたばかりでなく、昇殿《しょうでん》をお許しになったのです。そうしますと貴族たちが黙っておりません。清涼殿《せいりょうでん》に上がることになっていた日、彼らは忠盛公を襲うことを計画しました。殺しはしないまでも、髻《もとどり》*を切ったり殴ったりして、憂さを晴らそうとしたのです。

これをこっそりと教えてくれた人がいまして忠盛公は備えをいたしました。忠盛公は郎等《ろうどう》を庭に控えさせ、自分も宮中に刀を持参いたします。これはもちろん告げ口する者がいて、後で上皇さまがお咎《とが》めになりますと、忠盛公は黙って刀を差し出したのです。それは刀に見せかけるため、銀箔を貼った木刀でした。上皇さまは、忠盛公の機転と家来の情につくづく感心なさいました。

この忠盛公という方は、すがめの田舎者のように言われ、貴族たちは、

「伊勢の瓶子《へいじ》*はすがめであるよ」

とはやしたてたと申します。忠盛公が宮殿で舞を披露している時です。伊勢の出身であることと、粗雑な日用品の素瓶《すがめ》とをひっかけたのでしょう。

しかしとんでもない。この忠盛公という方は歌人としても名高く、何首か「金葉《きんよう》和歌集」*に選ばれ家集もおありです。

ある時、備前国から上京したばかりの忠盛公に、上皇さまがお聞きになりました。

「明石の浦はどうだろうな」

名勝明石の浦に出る月のことをお尋ねになったのです。すると忠盛公はすぐに詠みました。

有明《ありあけ》の月も明石《あかし》のうら風に
浪《なみ》ばかりこそ寄るとみえしか

上皇さまは大層誉《ほ》められたということです。しかしご子息の清盛さまに、忠盛公のこうした風流心はまるで伝わっていません。

すがめとはいうものの、細面《ほそおもて》のなかなか美男子の忠盛公と違い、清盛さまは大きな目鼻にぶ厚い唇というお顔立ちです。それが先の法皇さま、白河院《しらかわいん》*にそっくりだというのです。清盛さまが白河院のお胤《たね》だというまことしやかな噂《うわさ》がございました。

忠盛公はかつて白河院に大変重用され、その忠勤ぶりを認められ、愛妾《あいしょう》を賜ったというのです。そしてその腹の中には、既に白河院の御子が宿っていたというのですが、それならば清盛さまの例を見ない昇進もわかるというものです。

清盛さまは大まかな顔にふさわしく、陽気で精力的なご性格でした。父親のような風流心はまるでなく、歌も詠めなければ楽器も舞もいたしません。信心深い、というよりも現世の幸せを祈るために、参詣に度々出られました。なかでも熊野は神と仏が一緒におわす聖地で、歴代の法皇や上皇なども詣《もう》でたといいます。

まだ清盛さまが安芸守《あきのかみ》だった頃、伊勢の海から船を出して熊野に向かいました。その時です。大きな鱸《すずき》が船の中に飛び込んできたのです。一行が驚いていますと、案内人を兼ねた修験者《しゅげんじゃ》が興奮した声で告げました。

「これぞ熊野権現《ごんげん》のご加護《かご》です。急いで食べるのがよろしいでしょう」

本来ならば精進をしなくてはいけないのですが、この鱸をみなに食べさせました。子飼いの家来たち、それ以外の新参者たちにも。それ以降平家ではよいことばかり続いたのですから、修験者の言ったことは本当だったのです。

もちろん平家が栄えたのは、鱸を食したからというわけではありません。

清盛さまはまもなく起きた事変に、猛々《たけだけ》しく立ち向かっていったのです。

それは忠盛公が、平家の栄華の道すじをつくられ、穏やかに亡くなられた三年後に起こりました。崇徳《すとく》上皇さまが新帝の継承問題に不満を抱き、兵を起こしたのです。

この崇徳上皇さまは、実にお気の毒な方でした。実の父親、鳥羽上皇さまに疎《うと》まれ排除されたのです。それというのも母上、待賢門院《たいけんもんいん》さまの、邪淫《じゃいん》がなさることと世間の専《もっぱ》らの評判でした。

時代はさらにさらにさかのぼります。仕方ありません。高貴な方の争いというのは、父君や母君がどう生きられたかにかかっているのですから。

待賢門院さまは、藤原璋子《ふじわらのしょうし》さまとおっしゃって、権大納言《ごんだいなごん》藤原公実《ふじわらのきんざね》＊さまの姫君でいらっしゃいます。七歳の時に父に死なれ、白河院に養育されるのですが、その関係がただならぬものとなったのは、璋子さまが十二歳の頃からとか。

類いまれな美少女でいらした方を、白河院は、それこそ「掌中《しょうちゅう》の珠《たま》」として愛されました。少女の頃から、自分の褥《しとね》の中でともに寝かせたというのですから、ただごとではありません。

寒い日などは、璋子さまのおみ足を自分の懐に入れて温めたといいます。十八歳になった璋子さまを、白河院はご自分の孫、鳥羽天皇の中宮《ちゅうぐう》とされました。しかし璋子さまは、白河院が恋しくてしょっちゅうお帰りになってしまいます。そして宿下がりでお帰りになったとたん、白河院と御簾《みす》＊の奥深くお入りになったきり出てきません。これにはまわりの者たちも、呆れるというよりも怖《おそ》ろしくなってまいりました。

祖父と孫娘がたわむれるように、二人の嬌声が御簾から聞こえてきたといいます。幼い頃から白河院に教わってきたことを璋子さまは忘れることが出来ないのです。

やがて璋子さまは懐妊され、皇子をお産みになりました。これが顕仁《あきひと》親王と申し上げて、後の崇徳上皇です。鳥羽天皇の第一皇子になるのですが、鳥羽天皇は生涯、

「おじ子」

とお呼びになっていたそうでございます。鳥羽天皇のお気持ちはどんなものだったでしょう

か。祖父、白河院の子どもとおぼしき皇子を押しつけられた、この国の最高権力者のお気持ちは……。

いや、鳥羽天皇は最高権力者ではありませんでした。祖父の白河院の方がはるかに力を持っていたのですから。

鳥羽天皇は白河院により無理矢理譲位《じょうい》させられます。そして数え年でたった五歳という年齢で顕仁親王が天皇にお就きになったのです。白河院は一刻も早くご自分の御子を帝位に就かせたかったのだ、ああ、なんとおぞましいことと人々は噂しました。

が、鳥羽天皇は上皇となった後、こうした祖父の横暴に抵抗いたします。本当に初めて愛された美福門院《びふくもんいん》*さまとの皇子を即位させようと、崇徳さまを譲位させました。代わりに帝位に就いた皇子が近衛《このえ》*天皇です。

五歳で天皇になられた顕仁親王は、二十三歳で崇徳上皇ということになりました。まだお若い盛りに、三条西洞院《にしのとういん》の御所でひっそりとお暮らしになっていました。

剃髪《ていはつ》をなさらなかったのは、またいつか帝位に就かれることもあると、心のどこかで思っていらしたのではありますまいか。崇徳上皇さまは、学問にすぐれ大層英邁《えいまい》なことで知られていらっしゃいました。やがて自分の皇子が帝位に就くことを願われたのです。

しかし父鳥羽院は再びむごいことをなさいます。近衛天皇が十七歳で崩御《ほうぎょ》されると、今度は崇徳上皇さまの弟、第四皇子である雅仁《まさひと》親王を即位させたのです。

これには世間が驚きました。雅仁親王は、崇徳さまと同じように璋子さまからお生まれになっています。が、その頃は白河院は足腰も立たぬほどの老人となり、二年後に崩御されています。白河院の御子ではないのはあきらかでした。そうかといって、雅仁親王とて父鳥羽院から格別に大切にされていたわけでもありません。

気楽な四男として、二十九歳までお好きに生きてこられた雅仁親王でいらっしゃいます。この方は異様とも言える今様《いまよう》*好きで、庶民に交じっていつも歌い踊り、喉《のど》から血が出るほどだったというのですから、琵琶法師の私としては、何やら親近感をおぼえてしまいます。今様というのは、当時の流行歌とでも申しましょうか、和歌をはじめとした詞《ことば》に独特の節まわしで歌うのですが、雅仁親王が*十巻の本にして残してくださったおかげで、今でも今様がどのようなものかが伝わっております。ほら、いかがでしょう。節は違っているかもしれませんが、琵琶の音色にもとても合います。

わが子は二十《はたち》になりぬらん
博打《ばくち》してこそ歩《あり》くなれ
国々の博党《ばくたう》に
さすがに子なれば憎かなし
負《ま》かいたまふな
王子《わうじ》の住吉西宮《すみよしにしのみや》

こういう歌を、白拍子《しらびょうし》*たちに交じって雅仁親王さまが大笑いしながら歌っていたとは、にわかには信じられない光景です。

が、お若い時から庶民たちの中に入り、酒を酌みかわし、一緒に歌ったことが、この方に独特の強靭《きょうじん》さとしたたかさ、そしてご長寿をつくり出したことは間違いないでしょう。この方はそう、後白河《ごしらかわ》法皇とおっしゃいます。かの源頼朝《みなもとのよりとも》公をして、

「日本国第一の大天狗」

と言わしめた方です。

くどくどと長くなりましたが、この後白河法皇がいらっしゃらなければ、平家の繁栄もあり得ず、そして平家の滅びもなかったのです。この後白河法皇は、最後の最後に平家の滅亡をお確かめになるのですが、それはずっと後のこととなります。

この時はまだ即位なさったばかりの後白河天皇でいらっしゃいます。

そしてこの弟君が帝位に就いたことで、崇徳上皇さまは許せないというお気持ちになられました。そんな折も折、さまざまな確執があった父鳥羽院が亡くなり、崇徳上皇さまは藤原頼長《ふじわらのよりなが》*らのそそのかしにより、ついに兵を挙げるのです。保元《ほうげん》*の乱です。

清盛さまは、非常に微妙な立場でした。なぜならば今は亡き父忠盛公は、崇徳上皇さまの第一皇子重仁《しげひと》*さまにお仕《つか》えしていたこともありましたし、忠盛公の後妻池禅尼《いけのぜんに》*は、重仁さまの乳母《めのと》でした。そんなこともあり、崇徳さまは清盛さまがお味方になってくれるものと信じていたのです。

しかし清盛さまは、そうためらうことはなく後白河天皇の側につこうと心に決めておりました。どちらにお味方するかで、運命がすべて変わります。それが武士というもの。平安の時代も御一新の時もまるで変わらないはずです。

清盛さまは藤原頼長らに囲まれた崇徳上皇のあり方が、古めかしいものに思えました。それにひきかえ、青年の帝、後白河天皇に心惹かれたのです。

さっそく清盛さまは、源氏の武士らとともに六百騎を従えて戦い、新帝をお護《まも》りします。

「私が来たからには、どうか安心なさってください」

他にも頼もしい武士が次々と到着いたします。陸奥《むつ》新判官《はんがん》*、周防判官《すおうはんがん》*などに交じり、馬上にりりしくいるのは、下野守《しもつけのかみ》源《みなもとの》義朝《よしとも》*公です。名門清和源氏《せいわげんじ》*の棟梁《とうりょう》でいらっしゃって、この時三十四歳。この戦いでは崇徳上皇側についた父や弟たちと袂《たもと》を分かつことになります。後にお身内の方々を処刑する運命が待ち構えております。

しかしその三年後、平治《へいじ》*の乱によって、ご自身も清盛さまらの側に討たれるのですから、武士というのは、なんとつらく悲しいものでありましょうか。

そして義朝さまのご嫡男、頼朝さまがご成長なさり、平家一門を滅亡させます。まさに諸行無常の響きあり。この響きこそが、私たち琵琶法師を今も生きながらえさせてくれている理由でありましょう。

くどくどといろいろなことを申しますが、後白河院と、保元、平治の乱のことをお話ししなければ、どうして清盛さまが、平家一門があのような栄華を手に入れたか、ご理解はいただけますまい。

保元の乱もおさまり、やっと平安がきたと思ったのに、それはすぐに破られることとなりました。

後白河上皇さまの側近たちが主導権争いを始めます。平治の乱です。この時、側近たちに頼りにされたのが、源義朝さまだったのです。義朝さまの軍は、後白河院の御所を襲って火を放ち、後白河院と二条《にじょう》帝*を閉じ込めてしまいます。

この時も清盛さまは、なんの躊躇《ちゅうちょ》もなく後白河院をお護りします。そしてこの乱を機に後白河院は、清盛さまを深くご信頼なさるのです。

考えてみますと、昔から今まで源氏と平家は朝廷に召し使われてまいりました。そして帝の命に従わない者が出てきますと、互いに征伐をしてきたので世の乱れることもありませんでした。

しかし保元の乱の時に、清和源氏の嫡流、源為義《みなもとのためよし》*さまが息子の義朝さまによって処刑され、平治の乱では源氏の棟梁、源義朝さまが討たれました。その結果、平家だけが栄えるようになったのです。

それまで死刑はいったん廃止されていましたのに、保元の乱の後、首を切られることがならわしになり、残虐な行為も次々と行われるようになったのです。

そんな中、都も荒れ果て、平家の力がなくては、とても安心して暮らすことは出来ません。

源氏と平家の二大勢力が、都や地方の治安を守っていたのですが、あっという間に平家だけのものとなっていきました。平治の乱の後、世の中はなかなか安寧を迎えることが出来ません。後白河院と二条天皇は、親子でありながら疑心暗鬼、どちらかの側近を、片方が戒める、というようなことがあり、まことに不穏な宮中でした。そんな中であのような前代未聞のことが起こったのです。今の帝が、二代前の帝のお后《きさき》を欲しがるとは、神武《じんむ》天皇以来全くあり得ないことです。

近衛帝の后で、その頃太皇太后宮《たいこうたいごうぐう》＊と申された方は、宮廷を出てひっそりとお暮らしでしたが、大変な美人でいらっしゃいました。二条天皇はこの噂を聞きつけ、どうしてもと所望されたのです。

これには父の後白河院も驚き呆《あき》れ、お諫《いさ》めしたのですが全く聞く耳を持ちません。

「天子に父母なし、私は帝なのだからかなわぬことはありません」

と押しきられたのです。おそらく後白河院への強い対抗心からに違いありません。父と息子といっても、三十四歳と十八歳。たった十六歳しか違わないのですから。

お気の毒なのがこの太皇太后でいらっしゃいます。

「こんな恥をかくぐらいなら、先帝がお亡くなりになった時にいっそ髪をおろせばよかった」

と泣き泣き入内されたということです。

それで天罰が下ったということでしょうか。二条帝はその後、御不例《ごふれい》＊となられました。何しろ父親さえ信じることの出来ないお方です。二歳の皇子に突然帝位を譲られたのです。たった二歳の皇子にです。いくら特別な方だといっても、二歳の幼児に、政治が出来るはずはありません。そこで父や祖父の登場となるわけです。

二条帝のお気持ちは、といえば、せっかく手に入れた帝というお位が、みすみすまた後白河院の側に移ることが、無念でならなかったのでありましょう。そしてなんとかご自分の息のある間に、嫡子に引き継がせたかったに違いありません。が、二条帝の願いも虚しく、二歳で帝位に就かれた六条《ろくじょう》帝*は、父二条院が崩御された後、わずか五歳で譲位なさいます。歩き始めた子どもが、おもちゃで遊ぶようになるまでが、この帝のご在位だったわけです。新院となられましたが、なんとおいたわしいことでしょう。

そして次の帝は、二条帝が案じていたとおり後白河院の御子でいらっしゃいます。母上は、清盛さまの義妹です。わずかな間に、清盛さまのお力はここまで及んでいたのです。

まことに運がいい時は、運がいいことが続くものです。

建春門院滋子《けんしゅんもんいんしげこ》*さまは、清盛さまの正妻、時子《ときこ》さまの異腹《いふく》の妹君でいらっしゃいます。お父上は兵部卿《ひょうぶきょう》平時信《たいらのときのぶ》さま、こう申し上げては失礼ですが、地味な文官で、滋子さまもそう綺羅《きら》を誇るお育ちではないのです。少女の頃は姉君とともに縫物なども自らなさり、あのままなら中位の公卿の妻になられていたでしょう。

しかし後白河院の姉にあたる上西門院《じょうさいもんいん》*さまに女房としてお仕えしていたところ、後白河院に見初められたのです。清盛さまが、美しい義妹を院に差し出したという方もいるのですが、その頃はまだ平家にそのような力もなく、後白河院との関係もあやふやなものだったはずです。たとえ女性《にょしょう》を献上したとしても、相手が気に入ってくれなければどうしようもありません。内裏にはそうして枯れていった中宮や女御《にょうご》*たちがたくさんいらっしゃいます。

しかし滋子さまは美しいだけでなく、愛嬌に溢れ非常に聡明な方でいらっしゃいました。たちまち後白河院の心をしっかりととらえておしまいになったのです。これはどれほど平家にとって有難いことだったでしょうか。時子さまはもちろん、平家の公達《きんだち》も滋子さまのところに頻繁にうかがいます。御簾ごしではありますが、一門の方々と世間話をなさり笑い声を立てられる滋子さまの元に、後白河院はよく顔を出し、

「よほど面白いお話をされているのですね。私の噂でもしているのですか」

とおからかいになります。

幼い息子に位を譲られてすぐ、二条上皇はついに崩御されました。まだ二十三歳というお若さでした。この御葬送《ごそうそう》の時、延暦《えんりゃく》、興福《こうふく》*の両寺の衆徒《しゅと》たちの事件は起こりました。

帝がお亡くなりになった後、御墓所にお移しする時は、奈良、京のすべての衆徒がお供《とも》いたします。この時に作法がありまして、奈良の側からまず東大寺《とうだいじ》の額《がく》をかけ、次に興福寺の額をかけます。京の側から興福寺に相対して延暦寺の額をかけます。昔からのややこしいしきたりがあるのです。ところが延暦寺の衆徒たちが何を思ったのか、先例を破って興福寺より先に延暦寺の額をかけたので、奈良の衆徒たちは怒り狂いました。血気にはやる者が、大太刀で延暦寺の額を切り落としたのです。

延暦寺の者たちは、数日はじっと我慢しておりましたが、やがて耐えられなくなり、大挙して京都に下りてきました。この頃の大寺の衆徒たちときたら、怖いものなしでそれこそとんでもない狼藉《ろうぜき》を働きます。当日は武士や検非違使《けびいし》*たちが西坂本《にしさかもと》*で防ごうとしましたが、大群は都に乱入しました。

この時、誰が言い出したかはわかりませんが、

「後白河院が延暦寺の衆徒に命じて、平家を追討する」

という噂が拡がったのです。この時、清盛さまは後白河院に向かって言いました。

「貴族の方々も、みな逃げてしまいました。院に何かございましたら大変なことになります。どうか安全な六波羅にお渡りください」

この時まだ清盛さまは大納言でありましたが、院はその気迫に押され素直に従ったのです。衆徒たちの大群は、六波羅に押し寄せることはなく、全くかかわりのない清水寺《きよみずでら》に押し寄せ、仏殿や僧坊をすべて焼きはらってしまいました。清水寺が興福寺の末寺だ、ということだけで。なんという暴挙かと人々は震え上がりました。

さて清水寺を焼いた衆徒たちは、みな引き揚げていったので、院も御所にお帰りになりました。その時は清盛さまではなく、総領《そうりょう》の重盛《しげもり》さまがお供しました。すぐに、これは清盛さまが待ち伏せを警戒しているからと申す者もおりましたがいかがでしょう。

この時、清盛さまは帰ってきた重盛さまにこうおっしゃったのです。

「さて、院がわが家に御幸《ごこう》*されたということは、このうえない名誉で畏《おそ》れ多いことだ。しかし

あのような噂が立つということは、ふだん院が我らに対して思うところがあり、口に出されているのだろう。だからお前も、うっかり心を許してはいけないよ」

するとと重盛さまはこう反論なさいました。

「院に心を許してはいけないなどと、なんということをおっしゃるのでしょう。そんなことは、決して態度にも、お言葉の端にも出してはいけませんよ。人に気づかれてそれこそ大変なことになるでしょうね。人のためにお情けを施されれば、必ず神仏のご加護があるはずですから、どうかそのことをお忘れなく」

人格者だと世評の高いご長男の言葉に、清盛さまは確かにそのとおりと思ったに違いありません。

それでは後白河院の方はどうだったのでしょうか。

御所に帰られた院は、お側に仕える近習《きんじゅ》*の者たちに向かい、

「さても不思議な噂が立ったものだな。そんなことは全く考えていないのだが」

とおっしゃいましたが、近くに侍《はべ》っていた西光法師《さいこうほうし》*という切れ者の側近が、

「『天に口なし。人をもって言わせよ』と申します。平家のあまりのふるまいに、これは天が言わせているのでしょう」

ときっぱりと言いました。

しかしもう平家の力はそこいらに及んでいたので、他の人々は、

「これはなんということをおっしゃる。壁に耳あり。怖ろしい、怖ろしい」

と顔を見合わせたといいます。

その後、あの有名な事件が起こるのです。

二

力ある者は決して傲《おご》ってはいけない。

と「平家物語」は何度も繰り返し言っております。

しかしお聞きください。全盛の頃、平家の一門のご出世といったら、それはもうそら怖ろしいほどでした。嫡子重盛さまは内大臣で左大将、次男宗盛《むねもり》さまは、中納言で右大将。三男知盛《とももり》さまは三位中将《さんみのちゅうじょう》でいらっしゃいます。公卿《くぎょう》十六人、殿上人《てんじょうびと》*は三十人以上、諸国の受領《ずりょう》*などは全部で六十人以上というのですから、天下を取ったようなもの。清盛さまの父上、忠盛さまの時に、やっと昇殿を許されたのですが、その頃のことを考えると隔世の感がございます。これでは傲るな、と言っても無理なことでしょう。

清盛さまの小舅《こじゅうと》、奥方の弟君にあたる*大納言時忠《ときただ》卿は、こうおっしゃいました。

「この一門にあらざらむ人は、皆人非人《にんぴにん》なるべし」

まあ、なんというお言葉でしょうか。

わが一門でない者は人ではないと、はっきりとおっしゃったのです。こうした気持ちは、平家の公達《きんだち》にもしっかりと宿り、そしてあのような出来ごとが起こったのでしょう。

嘉応《かおう》＊二年十月十六日のことでございます。小松殿《こまつどの》＊と呼ばれる重盛さまのご次男、資盛《すけもり》さまが鷹狩りにお出かけになりました。この方は十三歳でいらして、まだ少年のようでいらっしゃいます。この方が供の者三十人ほどと、蓮台野《れんだいの》、紫野《むらさきの》＊と馬で走りまわったのですから、さぞかし心も浮き立っていたと思われます。たくさんの鷹を使い、鶉《うずら》、雲雀《ひばり》と獲物も多うございました。

夕暮れになり六波羅に帰ろうとされた時、当時の摂政《せっしょう》、藤原基房《ふじわらのもとふさ》さまがちょうど参内《さんだい》なさる時でした。資盛さまは大炊御門猪熊《おおいのみかどいのくま》＊で、この行列とばったり会ってしまったのです。

当然のことながら、基房さまのお供の者たちは、

「何者だ、無礼ではないか。参内なさる途中だ。馬から下りろ」

と叱《しか》りつけました。が、資盛さまは世を世とも思わない高慢さです。そして供の者たちも世の中を知らない二十歳前の若者ばかりでした。下馬の礼もとらず、そのまま走り抜けようとしたので、家来の者たちは彼らをみな馬からひきずりおろし、さんざんなめにあわせました。

資盛さまは口惜《くや》し涙にかきくれて、六波羅に帰り、このことを祖父清盛さまに訴えました。

すると清盛さまは怒りに燃えて、

「たとえ目上の者であろうと、私の身内に対してそんなことをするとは、大変な恥辱である。こんなことを許していたら、人に侮《あなど》られてしまう。摂政殿には思い知らせてやろう」

こうおっしゃったのです。

これには、ものごとの道理がよくおわかりの小松殿重盛卿がお諭《さと》しになりました。

「そんなことを口にされてはいけません。相手が源氏の者ならいざ知らず、摂政殿ではありませんか。資盛が馬から下りなかったことこそ無礼です」

しかし清盛さまは、小松殿の忠告をお聞きになりませんでした。この方には何の相談もなさらず、田舎出身の乱暴な者たちを六十人ほどお召しになりました。そしてこう命じたのです。

「二十一日、天皇御元服儀式の打ち合わせのために、摂政殿が参内されるはずだ。どこかで待ち受けて、孫資盛の仇《かたき》をとってほしい」

何もご存知ない摂政殿は、打ち合わせのためにいつもよりあらたまったご衣装々で、待賢門《たいけんもん》*より宮中《きゅうちゅう》にお入りになろうとしました。すると、武装した三百人ほどの武士が待ち受け、摂政殿の牛車《ぎっしゃ》を取り囲んだのです。そして鬨《とき》の声をあげたかと思うと、随身《ずいじん》*たちを追いかけ、追いつめ、馬からひきずりおろし、ひとりひとりの髻を切ったのです。中には身分の低くない方もいらっしゃいました。当時の男にとって、これほどの屈辱はありません。

さらに彼らは、摂政殿の牛車にも乱暴をし、簾《すだれ》をひき落としたり、牛の飾りをひきちぎったりいたします。そして勝鬨《かちどき》をあげて六波羅に引き揚げていきました。清盛さまは、

「よくやった」

と喜ばれたそうです。何と申しましょうか。

摂政殿のお気持ちは、察して余りあるものがございます。束帯《そくたい》*の袖《そで》で涙をおさえながらお帰

りになられましたが、そのお姿のみじめさは、すぐに都中に知れわたることになり、これが平家の悪事の始まりと言われております。

十三歳の孫可愛さに、清盛さまは時の摂政殿を襲わせたのです。重盛さまは驚き怒り、資盛さまをしばらく伊勢に追い出されたというものの、このような道理の通らないことがまかり通るとはと、都の人々の心は平家から離れていったのです。

清盛さまは、世の中のこういう反発をいつしかお感じになっていたのでしょうか。禿《かぶろ》*と怖れられた者たちを組織されたのもそのためでしょう。十四歳から十五、六歳の子どもたちを三百人集め、揃いの格好をさせたのです。髪を短く切り揃え、赤い直垂《ひたたれ》*を着せました。この者たちが都中を走りまわります。

どこかで少しでも平家の悪口を聞こうものなら、その家に押しかけ、乱入し、家財道具を没収し、本人を六波羅にひき立てるという怖ろしいことをやってのけるのです。都では陰でいろいろなことを言っても、面と向かって平家のことを悪く言う者はいなくなりました。いつしか六波羅の禿といえば、道をいく馬も車もよけて通るようになったのです。

が、このような目立つことをされても、何の得があったのか。平家への恨みや憎しみは、都のあちこちで、ひっそりとくすぶり始めていたのです。やがて鹿谷《ししのたに》の陰謀が起こることとなります。

平家を倒すため、鹿谷に集まっていた方々は、多くは流刑となりましたが、中でも大納言藤原成親《ふじわらのなりちか》さま＊に対する、清盛さまの怒りはすさまじいものがありました。信頼を裏切られたとお思いになったと同時に、後白河法皇を誘い入れたのが成親さまだという思い込みがあったからでしょう。

成親さまは、妹が重盛さまの妻で、娘が重盛さまの長男の妻であったこともあり、重盛さまが言葉を尽くして許しを願ったのですが、清盛さまの怒りがとけることはありません。備前《びぜん》、備中《びっちゅう》の境、吉備《きび》の中山《なかやま》＊というところで、無残な最期を遂げられたのです。

北の方は、知らせを聞くなり、すぐに髪をおろし仏門に入られました。多くの側近が殺され、流されたことで後白河法皇の憤りはますます高まるばかり。法皇と清盛さまとの関係はまさに一触即発ということになりましょうか。

治承《じしょう》二年正月一日、後白河法皇の御所では拝賀《はいが》の式が行われ、四日には高倉《たかくら》天皇の法皇御所への行幸《ぎょうこう》＊がありました。いつもと変わらぬ新年のようでしたが、七日に彗星《すいせい》が東の空に出現しました。赤気《せっき》とも言いまして、乱世が近づいてきている証だと、人々は不安がるのです。

しかし皇居では、徳子《とくこ》さまご懐妊という喜ばしい出来ごとがございました。徳子さまは清盛さまのご次女で、いずれは帝の后《きさき》へと大切にいつくしまれた方であります。

けれどもその喜びごとと同時に、清盛さまの嫡男重盛さまのお体は、おつらいお心に蝕《むしば》まれていったようでございます。この方は父上と違い全くの〝文〟の方でありました。学問を尊ばれ、古今の異国の文献を説いて、父親の非を糺《ただ》すのです。

中宮徳子さまのご出産には、そら怖ろしい怨霊がいくつもとりついておりましたが、この時にはまず生霊を鎮《しず》めよと、鬼界島《きかいがしま》*に流された人々を救うようにと提言されたのも重盛さまでした。

人々は小松殿と敬い、

「あの方がいらっしゃるからには、平家は安泰」

と言い合っていたものです。

しかし重盛さまの心の憂いは、次第に体を蝕んでいくようになりました。

翌年の五月十二日のことでございます。京都につむじ風が起こりました。そのすさまじさときたら誰もが経験しないもので、多くの家々が崩壊しました。激しく風が鳴り響くさまは、まるで地獄の業風《ごうふう》のようで、たくさんの命も失われたのです。

これはただごとではないと、ただちに御占《みうら》*が行われ、

「今日から百日の間に、大臣のどなたかに不幸が起き、天下の重大事が起こるでしょう。仏法王法ともに衰退して争いごとが始まるかもしれません」

神祇官《じんぎかん》*も陰陽師《おんみょうじ》*も同じ占いの結果でした。

重盛さまはこのようなことを聞かれて、大層お心を乱されたのでしょう。さっそく熊野にご参詣となりました。本宮《ほんぐう》*の前で一晩中祈りを捧げます。

「私の父、相国《しょうこく》のありさまを見るにつけ、あくどく非道なことばかりして、帝を悩まし奉《たてまつ》っています。長子としてしきりに諌《いさ》めましたが一向に受け入れてくれません。父のふるまいを見ますと、一代の栄光も怪しいものです。子や孫がひき続いて栄えるなどというのは、とても難

しいことでしょう。私の身の上で、今、出家をすることは出来ません。ならば南無権現《なむごんげん》、金剛童子《こんごうどうじ》*に申し上げます。願わくば子孫が繁栄し続けて、末永く朝廷にお仕えすることが出来ますように、どうか相国の心をやわらげてください。もしこの栄えが父一代だけのもので、子や孫が恥ずかしいめにあうというのでしたら、どうかこの重盛の命を縮めてください。もう輪廻《りんね》の苦しみからお救いください」

こうして祈念《きねん》している間に、重盛さまの体からは灯籠《とうろう》の火のようなものが出て、一瞬で消えて失くなりました。多くの者たちがこれを見ましたが、あまりにも不思議で畏れ多いことだったので誰もが口にしませんでした。

熊野からの帰り、岩田川《いわだがわ》*を渡られた時のことです。嫡子維盛《これもり》さまをはじめとする公達が、夏のことでなんということもなく川辺でたわむれました。その時、白い浄衣《じょうえ》*が濡れて、下の薄紫の色がまるで喪服のように見えたのです。これを気にした者がそっと重盛さまに申し上げました。

「とても不吉なものに見えます。お召し替えになるのがよろしいでしょう」

しかし重盛さまは、

「私の祈願が成就したのであろう。着替える必要はない」

とおっしゃって、岩田川から熊野へお礼の奉幣《ほうへい》*の使者をお立てになりました。

そして都に帰られてすぐ、重盛さまは病の床につかれました。まわりはおろおろするばかりですが、ご本人は、

「これで熊野権現が、私の願いを聞いてくださったのだ」

と治療も祈禱《きとう》もなさいません。

清盛さまのご心配もひとかたではなく、たまたま宋《そう》から来ていた名医に診せようと思い立ちました。

しかし重盛さまは使者に向かい、

「有難く承ったと伝えなさい。が、醍醐《だいご》*天皇が、外国の人相見《にんそうみ》を都の内に入れたのは今もわが国の恥と言われている。ましてや私のような臣下《しんか》が、外国の医師を迎え入れることは出来ない」

とおっしゃいました。

そして七月二十八日、重盛さまは出家なさり、八月一日に臨終を迎えられたのです。御年四十三。まだまだ盛りの年頃でいらっしゃいました。清盛さまがあのような専横的なことをなさっても、重盛さまがお諫め申していたから何とかなっていた、これからはどうなるのだろうかと、都中の人々は上も下もなく嘆き合ったのです。

親より子が先立つことほど悲しいことはありません。どんな愚かな子どもでも、親は嘆き悲しむものです。ましてや重盛さまは、平家の棟梁《とうりょう》、儒教をよく学び、当代きっての知識人でいらっしゃいます。容姿もすぐれ、心やさしく誰からも慕われていらっしゃいました。そして重盛さまの死をきっかけに、平家は滅びへの道を早足で進んでいくのでございます。

重盛さまを亡くされてから、清盛さまはますます頑《かたく》ななお心になられました。誰も諫める方がいない、というのは孤独なものではありますまいか。暗闇の中を、手さぐりで出口を探しているようなものです。つい乱暴に苛立《いらだ》ってしまうのは仕方ないことかもしれません。

そして十一月七日のこと、都に地震がありました。つむじ風といい、天変地異が続けて起こるさまに、人々は震え上がりました。

陰陽師は急いで内裏《だいり》に駆けつけ、

「ただ今の地震は、緊急に大変なことが起こる前触れでございます」

とはらはらと涙を流しました。

そして同じ月の十四日に、清盛さまが福原《ふくはら》*の別荘から数千騎の軍をひき連れて都に入ってくるという噂がたちまち都中を駆け巡ったのでございます。

今までも決してうまくいっていたとはいえない清盛さまと後白河法皇とのご関係でしたが、文字どおり重盛さまというタガがはずれ、ますます不安定なものになってゆきます。きっと何かが起こると、人々は怖れおののいたのです。

後白河法皇もこのことをお知りになり、心から震え上がりました。豪胆なことで知られる法皇でいらっしゃいますが、まだこの時は平家の力の方がはるかに強かったのです。使者を遣わして、

「近年、朝廷も何かと悩むところが多く、決して平穏とはいえない。しかし私はそなたがいるので安心していたのだ。それなのに武装して騒がしいさまで都に入り、朝廷に恨み言を言っていると聞くが、まさか本気ではあるまい」

と問いただされました。

しかし清盛さまは、否定なさいません。

「嫡子内大臣重盛が亡くなり、私はどれほどつらい日々を送っていたことか。それなのに法皇さまは、石清水八幡《いわしみずはちまん》へ御幸になり、管絃の遊びもされたとか。たとえ私にご同情なくても、どうして内大臣の忠義をお忘れになることが出来るのでしょうか」

忠義というのはこうでございます。鹿谷の陰謀が発覚しました時、怒りのあまり法皇のところへ兵をさしむけようとした清盛さまを身を挺《てい》して止めたのは重盛さまでありました。

「そして越前国《えちぜんのくに》の知行《ちぎょう》を*、子孫の代までご変更なさらないとお約束になったのに、それを反故《ほご》になさるとはどういうおつもりか」

話しているうちに、涙までこぼされます。子に先立たれた親というのは、これほど道理のわからぬものでしょうか。いや、重盛さまの死をきっかけに、清盛さまの老いがむっくりと顔を出し始めていたのです。その他にも中納言の座をめぐっての逆恨み、鹿谷事件の追及と、もはや清盛さまの法皇さまへの不信と憤りは手がつけられないものとなっていました。

法皇さまは使者の報告をお聞きになり、清盛さまの言っていることは確かに道理にかなっていることだ、などと答えましたが、実は腸《はらわた》が煮えくりかえるような怒りをお持ちになっていました。

老いた方というのは、時々とんでもない暴君となります。人を誰も信じられなくなると同時に、冷静な判断が出来なくなるのです。そして自分の力がまだどれほど効くものかと、試さずにいられなくなってくるのではありますまいか。

まず清盛さまは関白殿をはじめとして、太政大臣《だいじょうだいじん》以下の公卿、殿上人四十三人の官職をとりあげました。なんと関白藤原基房殿を大宰帥《だざいのそつ》*に左遷し、遠い九州へと追いやったのです。太政大臣藤原師長《ふじわらのもろなが》*さまは、官職を辞めさせられ、東国に流されました。

そうして、お身内に次々所領を与えたのですから、世間の人たちは驚き呆れるばかりです。

そしていちばん怖ろしいことが起こりました。

同じ月の二十日に、後白河法皇の御所、法住寺殿《ほうじゅうじどの》*のまわりを兵士が取り囲んだのです。御所に火をつけて、人をみな焼き殺すのではないかと、女房たちは逃げまどいます。法皇さまもあまりの衝撃に口が利けません。かねてより清盛さまが自分を捕らえようとしているのは聞いておりました。が、まさか本気でそんなことをするとは、考えていなかったのです。

考えてみれば、清盛は武士の出ではないか。武士など、ついこの間まで公卿の近くにも寄れない卑しい者たちではなかったか。

公卿の護衛をするために、庭に控えている者ではなかったか。

それが何代か前の帝が昇殿をお許しになり、今までより高い身分を与えた。そしていつのまにか気づくと、自分たちに交わるようになった。いやそれだけではない。自分の娘を入内《じゅだい》*させ、皇太子を産ませまいらせた。そして今や自分の上に立ち、何か命令しているのだ。法皇は憤りのために涙を流されました。この頃の身分の高い方というのは、しょっちゅう泣かれたとはいえ、血のにじみそうな口惜し涙です。

　こうしているうちに、清盛さまの次男、宗盛さまがいらしゃいました。牛車を寄せて、

「早くお乗りください」

　と後白河法皇さまにせっつきます。

　これには老獪《ろうかい》で、ふだん自分の感情をお示しにならない法皇さまが、怒りの声をあげました。

「これは何ごとか、私を成親や俊寛《しゅんかん》＊と同じように、遠い国か島に流そうというのか」

「そういうことではございません」

　宗盛さまはしどろもどろになります。

「何やら不穏な今日この頃、世間が鎮まるまでの間、鳥羽《とば》＊の御殿にいらしていただこうと、相国が申しています」

　それならば、供をしなさいと法皇さまは宗盛さまの心を試しているのです。

　しかし宗盛さまにそんな勇気があるわけはありません。父、清盛さまに逆らうことなどまるで出来ないお方なのです。

　後白河法皇は、なんとまあ、兄、重盛に比べて劣る男だろうかとがっかりされ、

「これからどうなるのだろうか」

　と涙をぬぐわれるのです。

　そして牛車に乗られました。公卿や殿上人は一人もついてきません。ただわずかな供の者と乳母《めのと》の紀伊二位《きのにい》＊くらいです。

七条通を西へ、朱雀大路《すざくおおじ》を南へ向かわれます。身分の低い者たちまでもそれを見て、

「なんとおいたわしいこと。法皇さまが流されていく」

と泣かない者はおりません。そして法皇は鳥羽殿にお入りになりました。まわりにはお仕えする者もほとんどおらず、鬼気迫るようなお声で、お経を唱える日々が始まりました。

一方高倉天皇はといえば、清盛さまのご息女を中宮とされているわけです。しかし関白をはじめ、臣下の多くを失ってしまいました。そして今、父の後白河法皇が、鳥羽殿に押し籠《こ》められたと聞いて、すっかりお気を落とされました。お食事も全く召し上がらず、ご寝所《しんじょ》に入ったきりです。

その前には、二条天皇の皇子でいらした六条院も、十三歳で崩御《ほうぎょ》されました。清盛さまの悪政が、こうしたやんごとなき方々を苦しめ、死に至らしめているのだとみんな言い合うのでした。高い身分のうち心ある方々は、次々と出家をされ、山深いところに籠もってしまわれます。あまりの悪政に世の中にすっかり嫌気がさしてしまわれたのでしょう。

こうしてすべての権力を握られた清盛さまは、少しずつ正気を失われてしまったのではありますまいか。しのび寄るかすかな滅亡の気配が、清盛さまを暴挙に向かわせてしまったような気がいたします。

治承《じしょう》四年の二月のことでございます。高倉天皇はこれといってご病気であるわけでもないのに、突然譲位《じょうい》なさることになったのです。新天皇になられる皇太子は、わずか三歳でいらっしゃいます。これもすべて清盛さまが、思いのままに政治を動かしたいからでございましょう。

新天皇は、ご息女が産みまいらせた清盛さまの孫君なのですから。この方が天皇の位に就かれたので、清盛さまご夫妻は帝の祖父母ということになります。清盛さまは准三宮《じゅさんぐう》*の宣旨《せんじ》*をお受けになりました。陰ではいろいろなことを申しても、絶対的な権力者に媚《こ》びるのは世の常でございます。西八条《にしはちじょう》*の邸《やしき》は、美しい飾りをつけた華やかな姿の人々が出入りして、まるで御所のようなありさまです。

が、こうしている間にも、不穏な空気が漂ってまいります。

「平家、討《う》つべし」

と以仁王《もちひとおう》*が立ち上がったのです。

この方は後白河法皇の第三皇子でいらっしゃいます。十五歳の時にご元服なさいました。次の帝にふさわしいと言われていましたが、後白河法皇の寵姫《ちょうき》に嫉《ねた》まれて押し込められたのです。学問にすぐれ、笛の名人でもあらせられました。もはや皇位に就くことは諦め、花や月を愛でる日々です。御年三十歳の男盛りで、このような境遇はまことにおいたわしいことでした。

この宮のところに、源頼政《みなもとのよりまさ》*がやってまいりました。七十七歳の老齢ながら、勇将と名高いお方です。歌人としても知られています。

「今の世で平家を憎まない者がいるでしょうか。後白河法皇も鳥羽殿に押し込められていらっしゃいます。なんという非道。今、お立ちになれば、お味方する者もたくさんいることと思います」

おそらく老いた身の上でありながら、心の中で源氏再興を願っていたに違いありません。このことは伊豆に流された頼朝《よりとも》さまにも伝えられますが、頼朝さまはまだその時ではないと判断されました。

それは正しいお考えでしたでしょう。まだ軍が整わないうちに、ことが露見して以仁王は追われる身となられるのです。三井寺《みいでら》*を頼って屋敷を脱け出されたものの、すぐに三井寺をお出になり奈良に向かわれます。最後の最後まで宮をお守りした頼政も平家の矢を受けました。そして太刀を腹に突き立て、うつぶせになり自害なさるという、まことに見事なお最期。以仁王も三十騎ばかりで落ちていくところを追いつかれ、お首をとられました。名器中の名器、以仁王のお持ちになっていた小枝《こえだ》という笛は、首のないご遺体の腰にさされていたのですが、隠れて見ていた味方の者たちもどうすることも出来ません。以仁王があれほど大切にされた笛は、戦いの野に消えてしまったのです。本当においたわしいことでいらっしゃいます。

清盛さまは報復を次々といたします。以仁王に従った人々を処罰し、匿《かくま》った三井寺を焼いておしまいになりました。

が、それだけでは気がおさまらなかったのでしょう。ことがおさまってからわずか五日後に、にわかに福原遷都《せんと》*を宣言なさいました。反抗的な比叡山《ひえいざん》や興福寺に近い京がほとほと嫌になったのです。

福原は今でいう兵庫《ひょうご》というところにございまして、風光明媚《ふうこうめいび》なところです。宋との貿易港、大輪田泊《おおわだのとまり》*からも近うございます。清盛さまはここを別荘にされていたのですが、ここを都にすると決められたのです。

心機一転というには、あまりにも無謀なおふるまいでございます。

遷都は大昔にも何度かございました。摂津国難波宮《せっつのくになにわのみや》、近江国大津宮《おうみのくにおおつのみや》、大和国藤原宮《やまとのくにふじわらのみや》……。しかし院でも帝でもなく、いち臣下が都を定めるなどということは聞いたことがありません。清盛さまはいったいどうなったのかと、人々は驚き呆れます。

といっても、従わないわけにはいかず、都は大騒ぎとなりました。まずは帝が御輿《おんこし》に乗られます。まだ三歳でいらっしゃるので、何もおわかりにはなりません。そして中宮、後白河法皇、高倉上皇に続き、公卿、殿上人たちも後に続きます。

平安の都は、四百年近くも続いておりました。本当に素晴らしいところでした。王城を守る鎮守《ちんじゅ》は四方にやわらかな光を放っています。霊験《れいげん》あらたかな寺々は、甍《いらか》を並べて建てられています。どこからも交通の便がよく、戦《いくさ》さえ起こらなければ、民も安堵《あんど》して日々を暮らしていけます。

ところが福原に都が移ってからというもの、辻々はみな掘り起こされ、通路が遮断されています。にぎやかだった町も次第にさびれていきました。家々はとり壊され、筏《いかだ》に組まれて福原へと運ばれていくのです。

肝心の福原京も大変な混乱です。京の都のように九条の道をつくろうとしても、平地が狭く五条しかつくれません。あちこちで工事ばかりしておりますが、宮殿の造営も思うように進まないのです。それどころか、福原で人々は悪い夢ばかり見るようになりました。怪奇な現象がしばしば見られます。清盛さまがおやすみになっていると巨大な顔が現れたり、真夜中に二、三十人がどっと笑う声が聞こえたりします。庭を見ると髑髏《しゃれこうべ》が何十も転がり踊り始めます。それがやがてひとつにかたまり、大きな頭《かしら》になりました。そして清盛さまをじっと見るのです。が、さすがに清盛さま、決してあわてたり恐怖にとらわれることはありません。

「何者！」

とおっしゃり、じっと頭を睨《にら》みつけると、その頭は跡かたもなく消えていきました。

しかし、世の人々は、清盛さまのように豪気なわけではありません。さまざまな不吉なことばかり起こるので、すっかりこの地に嫌気がさしてきました。そもそも山や海が迫り、別荘にはよくても、とても都には向いていないのです。

比叡山延暦寺や奈良の興福寺をはじめ、多くの主だった社寺の人々も、異を唱えるようになりました。するとどうでしょう。あれほど強気で、人の言うことなどお聞きにならない清盛さまが、

「それでは京に帰ることにしよう」

とおっしゃったのです。

福原というところは、北は高台にあり、南は低く海に近くなっています。潮風が強く波音も高いところです。山に囲まれた盆地で、ゆったりと守られたような気分になる京の都とはまるで違います。

高倉上皇は、福原に移られてからずっと体調を崩されていたので、真っ先に京都にお帰りに

なりました。殿上人たちも、我も我もとお供いたします。

このあわただしい都遷《うつり》と都帰《がえり》は、清盛さまが人々から深く憎まれる原因となりました。多くの人々は不安のあまり、占いを始めます。するとどれも答えは同じ「平家滅亡」と出るのです。が、清盛さまは負けません。ともすると弱くなるご自分の心と闘っていらっしゃいます。平家をご自分の代で終わらせるわけにはいかないのです。孫の公達もりりしく成長され、孫である帝も幼くていらっしゃいます。

どんなことがあっても、ご自分は平家の守護神にならなくてはならない。どうかそなたも守ってくれと、朝晩亡き重盛さまに祈っていることを誰も知りません。

三

清盛さまはともかくとして、この時代の方々の風流を好む思いというのは、今の世に生きる私たちとはまるで違うのです。

それは清盛さまが福原に都を遷《うつ》されて初めての秋のこと、月見の季節です。福原に移った人々は、名所の月はどうだろうと、須磨《すま》から明石《あかし》*の浦づたいに舟を進めます。

この頃の方々は、男でも女でもみな「源氏物語」を愛読していました。須磨は源氏の君が流されたところ。そして明石の浦は、やがて源氏の君の妻の一人となる、明石の君ゆかりの地でございます。美しくて聡明な、そして大層誇り高い姫君に思いを馳《は》せ、人々は海岸を歩きます。そして舟で淡路《あわじ》の海を渡って、絵島《えじま》が磯《いそ》*の月を眺めるのです。都を懐かしみ、涙ぐんだ光源氏と同じように。この時代の方々ですから、歌を詠んだことでしょう。吹上《ふきあげ》、*和歌の浦、住吉《すみよし》、難波《なにわ》、高砂《たかさご》と、あちらの月は大きく、ひときわ白く輝いたはずです。

そして旧《ふる》い都に残る方たちは、伏見《ふしみ》、広沢《ひろさわ》*の月を眺めました。

徳大寺の左大将実定《さだいしょうさねさだ》卿は、古《いにしえ》の京の月が懐かしく八月十日すぎに、福原から戻ってきました。京の都はすっかり淋しいことになり、わずかに残っている家々は、門前に草がぼうぼうと茂り、庭も荒れ果て、まるで浅茅《あさじ》が原《はら》*のようです。そして恨めし気に、いつまでも鳴き続ける虫の声……。京の中でさえ、野辺《のべ》のようになっていたのです。

今、この都にとどまっていらっしゃるのは、近衛河原《このえがわら》の大宮《おおみや》さまぐらいです。大宮さまはあの二条天皇に入内された藤原多子《ふじわらのたし》さまです。あまりの美貌《びぼう》に、先帝の未亡人になられた後に二条天皇がどうしてもとおっしゃり、泣き泣き御所に入られたということは、まことにおいたわしいことでした。この多子さまは、実定の大将の姉君でいらっしゃいます。

左大将はお住まいである御所に行き、随身《ずいじん》に門を叩《たた》かせますと、中から女の声がいたしました。

「どなたでしょうか。蓬生《よもぎう》*の露をうちはらう者もいないところに」

と問うので、

「福原より大将殿がいらしています」

と答えれば女は驚いて、東側の小さな門を示しました。

左大将がお入りになると、多子さまは月をご覧になっている最中でした。昔を思い出されてか、南に面した格子を上げさせ、琵琶を奏《かな》でていらっしゃいました。昔はこうした高貴な方々も、琵琶を好まれていたのです。

左大将の姿に驚かれて、

「これは夢なのでしょうか、本当なのでしょうか」

とおっしゃり、近くにお呼びになりました。「源氏物語」の宇治*の巻をご存知でしょうか。あの中にも、秋のなごりを惜しみ、ひと晩中琵琶を奏でている情景が出てまいります。有明《ありあけ》の月が出たのを、琵琶の撥《ばち》で招かれたとか。お二人ともそのことをご存知なので、撥で月を仰《あお》ぐようにされたのです。

平家の時代は、平安の終わり。「源氏物語」はついこのあいだのことでございます。そう考えると、こうした雅《みやび》な方々がいらっしゃるのはなんの不思議もございません。

左大将は昔を懐かしんで今様を歌われ、大宮はじめ御所中の女房たちはみな涙で袖を濡《ぬ》らしました。

やがて左大将は別れを告げられ、福原に帰っていきます。都の月を見たいという一心で、小さな旅をなさったのです。

「平家物語」は軍記もののように言われておりますが、それだけではございません。ただ戦《いくさ》のことを勇ましく語るだけなら、こうして明治の代まで伝わるはずはないのですから。「平家物語」では、清盛さまは大層な悪人ということになっております。無学な私には、どこまでが嘘で、どこまでが本当のことかわかりません。

しかし清盛さまが絶対的な悪になられたおかげで、まわりに哀しく美しい物語が生まれていったのではありますまいか。このあたりでひとつ、「平家物語」でもひときわ有名な、あの女性のことを語らせていただきましょう。これも月にまつわる物語でございます。

高倉天皇は、心やさしい方でした。学問にもすぐれ聡明でいらっしゃいますが、剛腕で老獪《ろうかい》な父、後白河法皇と、清盛さまという舅《しゅうと》がいるのですから、なすすべがありません。自然と恋がお仕事のようになっていきます。

あるとき、一人の女房を深くおぼし召しになり寵愛《ちょうあい》なさったのですが、この女性がはかなくみまかってしまいました。ご寝所にひきこもられ、ふさぎ込んでいらっしゃる帝《みかど》を心配なさり、お慰めしようと、中宮は小督《こごう》という女房をお側《そば》にさし上げました。中宮というのは、清盛さまのご息女、徳子さまでいらっしゃいます。

下々の言葉で申せば、正妻が妾《めかけ》を世話するということになりますが、この時代では珍しいことではありません。今の世の中にも、政府高官の奥さまが、権妻《ごんさい》を見つけ出してあてがう、などということが時々あるようでございます。

余計なことを申しましたが、この小督は中納言の娘。宮中第一の美女と言われているうえに琴の名手でした。帝はすぐに夢中になられ、朝に晩にお召しになるのでした。

これをお聞きになった清盛さまは大層お怒りになります。実は小督は、帝のおぼし召しがある前は、冷泉少将《れいぜいしょうしょう》*の思い人だったのです。少将は清盛さまの別のご息女と結ばれています。

「二人の聟《むこ》を取られては、私の面目が立たない」

清盛さまは小督を亡き者にしようとします。小督はそのことを察し、帝にも迷惑があってはならないと内裏《だいり》を密《ひそ》かに出て、行方をくらましてしまいました。

お気の毒なのが、高倉帝でいらっしゃいます。今や帝というのは名ばかり。みな清盛さまの力を怖《おそ》れて近づく者もありません。人がまばらになった内裏は、暗くひっそりとしています。

そして八月十日あまりになりました。雲がない澄みきった空ですが、帝は涙にくれているので、月の光もおぼろに見えます。

夜もやや更けた頃。

「誰かいるか、誰かいるか」

とお呼びになったものの、お答えする者もおりません。ようやく宿直《とのい》*をしていた弾正少弼《だんじょうしょうひつ》仲国《なかくに》*がお側にまいりました。

帝は近くにお呼びになり、

「お前は小督の行方を知っているか」

とお尋ねになりました。

「私がどうして存知上げているでしょうか」

実はと、帝はうち明けられます。

「どうやら小督は、嵯峨《さが》のあたりの片折戸《かたおりど》＊とかいうものがある、小さな家にいるらしい。お前が行って探し出してくれないだろうか」

「その家の主人の名がわからなくて、どうしてお探し申せましょう」

「本当に、そのとおりだ」

と帝ははらはらと涙を流されます。仲国はなすすべもなく、夜空を見上げました。透きとおるような天上に、見事な満月が上がっております。仲国はそう身分は高くありませんでしたが、誠実で風流を好む人物でありました。

「そうだ。小督さまは琴をお弾きになる。今夜の月の明るさと見事さといったらどうだろう。きっと今夜は琴をお弾きになるに違いない。嵯峨の家など数が知れている。探し出せないことはあるまい」

そしてこう申し上げました。

「私がきっとお探ししてお連れいたします。しかしお会いすることが出来ましても、信用してくださるかどうかはわかりません。どうかお手紙を頂戴《ちょうだい》出来ないでしょうか」

「もっともだ」

帝はさらさらと、月の光を頼りにお手紙をお書きになりました。

仲国は帝からお借りした馬に乗って出発します。

「牡鹿《おじか》鳴くこの山里」と歌にも詠まれた、嵯峨野の秋の情景は、もの哀しく風情《ふぜい》に溢《あふ》れておりました。月は明るく、小さな家々を照らします。仲国は片折戸のある家を見つけては馬をとめ、耳をすませました。しかし琴の音を聞くことはありません。

御堂《みどう》におまいりになっているかと、釈迦堂《しゃかどう》*をはじめとしてあちこちの堂をまわりましたが、空しいことでした。

もしかすると、月の光に誘われて法輪寺《ほうりんじ》に参詣なさるかとその方向に馬を進めます。

すると亀山*の近く、小さな松林の方向にかすかな琴の音が聞こえました。

峰の嵐か松風か、たずぬる人の琴の音か……。有名なくだりでございます。

馬を早めていきますと、片折戸のうちの中で、確かに琴を弾く人がいます。まぎれもなく小督の奏でる爪音《つまおと》なのです。そしてそれは「想夫恋《そうふれん》」*。夫を思って恋う曲でした。

仲国は深く心をうたれ、持参の笛を取り出します。自分を勇気づけるために、軽く唇にあて鳴らしてみました。そして門を叩き、声高く、

「宮中から仲国が御使いにまいりました。お開けください」

と申しますと、中から人の気配がします。可愛らしい少女の召使いが顔だけのぞかせ、

「お間違いでございましょう。ここは宮中からお使いにくるところではありません」

と返事がありましたが、仲国はひき下がりません。強引に中に入り、妻戸《つまど》*のわきに座りました。そして手紙を少女に渡し、大きな声で申します。

「どうして姿をお隠しになったのですか。主上《しゅじょう》はあなたがいなくなってから深くお嘆きになり、もの思いに沈まれています。御命も危なくなられるほどです。どうかこのお手紙をお読みくだ

さい」

少女が取りついだ気配があり、やがて返事の手紙が女房装束とともに差し出されました。女房の装束は、高貴な人からお礼ということで渡される引き出物です。が、仲国はこれだけでは満足いたしません。

「この仲国は、小督さまが琴をお弾きになる時は、よく笛の役を仰せつかったものです。どうして、それをお忘れになるのでしょう。どうか私に直々のお返事をくださいませ」

小督ももっともだと思ったのでしょう。御簾《みす》ごしにご自分で返事をします。

「あなたもお聞きになっているでしょう。清盛さまがあまりにも怖ろしいことばかりおっしゃるので、驚いて宮中から逃げてきたのです。このような小さな家で、琴を弾くこともありませんでした。明日は大原《おおはら》の奥に移ろうかと思っていた時に、この家の女主人が、『あまりにも美しい月夜です。今夜限りのなごりで、琴をお弾きになったら。もう夜も更けました。聞く者もいないでしょう』と勧めてくれました。けれどあなたに聞かれてしまいましたね」

と泣くので、仲国もともに袖を濡らします。しかしこうしてはいられません。供の者たちに、

「この家をお守り申し上げなさい。どこかに行かれるようなことがないように」

と申しつけ、急いで内裏に帰る頃には、夜はほのぼのと明けておりました。

帝はまだおやすみにならず、仲国の帰りを待っていらっしゃいました。そして小督の手紙を読むと、このうえなくお喜びになり、今夜のうちに連れてくるようにとお命じになります。

こうして小督は、内裏のひと目につかないところに匿《かくま》われましたが、帝の寵愛はさらにも増

して、毎晩のようにお召しになります。やがて姫君が一人誕生しました。

が、こうした幸せな日々は長く続きません。やがて清盛さまの知るところになりました。自分に内緒でこんなことをしていたのかとお怒りもひととおりではなく、小督を尼にして内裏から追いはらってしまいました。まだ二十三歳の若さでございます。

この後、高倉帝はお嘆きのあまりおかくれになりました。これは悲恋ゆえというよりも、平家に対する憤死《ふんし》のようなものだと、人々は噂《うわさ》します。


さて、清盛さまはとても豪胆な方でいらっしゃいました。神を信じていますが、同時に神を信じていません。これはどういうことかと申しますと、ご自分に利益《りやく》があり、正しい神と判断されたものには、惜しみなくお祀《まつ》りされますが、そうではないものには厳然と立ち向かっていくのです。

かの白河院はこうおっしゃったとのことです。

「賀茂川の水と、双六《すごろく》の賽《さい》、山法師、これが自分の思いのままにならないこと」

山法師というのは、比叡山《ひえいざん》の僧兵のことでございます。三千とも言われる荒くれ者たちは、しょっちゅう訴訟を起こし、都に押しかけてきておりました。

それは白河院の頃より時代が下って、後白河法皇の時代、安元《あんげん》三年のことでございました。新しく赴任した加賀国《かがのくに》の目代《もくだい》*と、比叡山延暦寺の末寺にあたる白山《はくさん》*の僧侶との間で諍《いさか》いが起こり、白山側が訴えましたが埒《らち》があかず、比叡山の僧兵が内裏に押しかけてまいりました。僧兵たちは、神輿《しんよ》を門から入れようとします。この時、摂津《せっつ》源氏の源三位頼政《げんざんみよりまさ》殿が言葉巧みに、僧兵たちの矛先を平家が護る門へと変えてしまいます。そんなさなかにあろうことか神輿に矢が射られたのです。矢を射たのは、重盛《しげもり》さまの兵ですが、清盛さまのご意向だったのではありますまいか。

こんなことは許されることではないと比叡山も全山あげて、戦いの準備に入りました。都は大騒ぎとなり、貴族の方々はみな警護などのため御所に駆けつけます。この時、大納言平時《たいらのとき》忠《ただ》さまが命を賭けて仲裁にあたり、ようやく僧兵たちの怒りはおさまったのです。神輿を射た武士たちも、処分されました。

同月の二十八日のことでございます。都に火事が起こりました。折しも大風が吹き、都は猛火につつまれたのです。御所をはじめ、多くの貴族の邸が焼け落ちました。神罰が下ったのだとみなは怖れおののきましたが、清盛さまはびくりともしませんでした。

戦は戦

火事は火事

偶然にすぎないと、そのようにお考えになったのではないでしょうか。そうでないと、後に起こるようなことがあるわけはありません。

清盛さまがもっとも大切にしていらしたのは、厳島神社《いつくしま》でした。

厳島は、安芸《あき》の海に浮かぶ島でございます。古代より霊験あらたかな島として有名でした。

厳島神社は市杵島姫命《いちきしまひめのみこと》、田心姫命《たごりひめのみこと》、湍津姫命《たぎつひめのみこと》を祭神とし、推古《すいこ》天皇の時代に社殿が建てられたと言われています。しかしその後は参詣する人もなく、海の上の荒れ果てた神社でした。

清盛さまがまだ若く、安芸守をしていらした時でした。一人の老僧が現れ、こう告げたのです。厳島神社を元のように戻しなさい。そうしたら栄華は思いのままになるだろうと。

清盛さまはさっそく、財を費やして神社を修復し、荘厳な百八十間《けん》の回廊をつくり上げたのです。

清盛さまの目が、海に向かっていったのもこの頃です。清盛さまの志は日本の国だけではありませんでした。父、忠盛さまが始めた宋との貿易をさらに大きく発展させたのです。福原に大輪田泊《おおわだのとまり》を開き、航路にあたる各地の港も整備します。海へ、海へ、そして異国へと進む清盛さまにとって、海の守護神、厳島神社への信仰はますます深いものとなっていったのです。

天下の悪人のように言われている清盛さまの、これが若き日のお姿です。そしてこの宋との貿易は、清盛さまに莫大《ばくだい》な富をもたらしました。ご息女徳子さまの入内、一族の方々のご昇進も、この富があってこそのもの。しかし清盛さまはいつしか忘れていったのです。平家の栄えを予告した老僧は、こうつけ加えていたことを。

「ただし、もし悪行があったならば、子孫は繁栄せず、この栄華はそなた一代限りとなると思え」

清盛さまはご自分の権力のあかしとして、後白河法皇を平家一門と共に厳島神社に参詣させ、その後は譲位なさったばかりの高倉上皇をお連れしようとしました。これには世間の多くが、驚き呆《あき》れたはずです。清盛さまは、ついこのあいだまで帝であった方を、自分の信仰する神に跪《ひざまず》かせようとするのですから。

そもそも帝が退位された後の初めての参詣は、石清水八幡《いわしみずはちまん》、賀茂＊、春日などへ行くのがならわしになっていますが、清盛さまはなんと、安芸までお連れしようとしているのです。しかも高倉上皇の父親、後白河法皇は鳥羽殿《とばどの》に幽閉されている最中です。

「高倉上皇は心やさしい方だから、自分が参拝することで、父上への清盛さまの心が少しでも和らぐことを願っているのであろう」

と人々は噂します。

山門の衆徒《しゅと》らは憤って、

「石清水八幡、賀茂、春日にいらっしゃらないならば、わが比叡にこそ御幸《ごこう》があるべきだろう。もし清盛さまがそのつもりなら、神輿をふりたてて山を下り、御幸を阻止するだけだ」

と騒ぎ立てるので、上皇の厳島御幸は延期ということになりました。

とはいうものの、それでは清盛さまは納得しません。

仕方なく高倉上皇は、厳島へ御幸なさることとなりましたが、その前にお父上と対面なさることを条件といたしました。鳥羽殿で、父と子がどれほど涙し、語り合ったかは詳しくお話ししますまい。高倉上皇はまだ二十歳のお若さでありながら、清盛さまの孫でもある御子に位を渡さなくてはならなかったのですから。後白河法皇の古くさくさびれた御所のありさまも、高倉上皇のお心をしめつけるものでした。父、後白河法皇もまた、上皇の海の旅路を思って涙ぐまれるのです。

清盛さまにとっては、厳島神社までの瀬戸内をめぐる海の旅は、このうえなく愉快なものなのですが、こうした高貴な方々にとっては、ただつらいものだったに違いありません。

ともあれ高倉上皇は、厳島に着かれました。清盛さまは大喜びです。ご自分がいちばん寵愛している内侍《ないし》*の住まいが御所となりました。御経供養が行われ、舞楽が行われます。位の高い僧が鐘を打ちならし、高らかに神に申し上げました。

「九重《ここのえ》の都を出て、八重《やえ》の潮路をわけ、はるばると参拝なさった御心のかたじけなさよ」

これには一同感涙にむせびました。高倉上皇の目にも光るものがおありでした。

厳島神社は美しいところです。どこまでも続く青い海原に、すっくと立っている赤い御柱。回廊は長く海のあちら、天上にまで、続いているようでした。たった二日ほどのご滞在、しかも嫌々いらした御幸ですが、高倉上皇の心は次第に晴れやかなものになられたに違いありません。帰りの船の中では、上皇も心に残るお歌をお詠みになりました。そしてしばらくしてから崩御《ほうぎょ》なさるのです。清盛さまに翻弄《ほんろう》された、おさみしいご生涯と言わざるを得ません。そしてこの高倉上皇の厳島御幸は、平家一門にとって最後の華やかな日となるのでした。

それからいろいろなことがございました。伊豆に流されていた源頼朝《みなもとのよりとも》さまがついに兵を挙げたのです。相模国《さがみのくに》の住人、大庭三郎景親《おおばのさぶろうかげちか》*が早馬で急を報じます。

「伊豆国の流人《るにん》、右兵衛佐《うひょうえのすけ》*頼朝が、舅の北条時政《ほうじょうときまさ》をつかわして、伊豆の目代《もくだい》を討ち取りました」

清盛さまのお怒りはすさまじいものでした。

「頼朝はすでに死罪と決まっていたところ、もはやお亡くなりになった私の義母、池禅尼殿がなんとか救ってくれと、涙ながらに訴えられたのだ。それで首を刎《は》ねるところを流罪《るざい》にしてやったのに、こちらに矢を向けるとは、なんという恩知らずだろうか」

声を震わせます。

「およそわが国で、朝廷の権威に逆らい、これを滅ぼそうとした者は、蘇我入鹿《そがのいるか》、平将門《たいらのまさかど》など二十人以上いるが、誰一人かなった者はいない。朝敵《ちょうてき》となった頼朝も、早晩滅びることであろう」

しかし、挙兵の前に、密かに後白河法皇から頼朝に平家追討の院宣《いんぜん》*が下っていたのです。長いこと、平家によってつらい思いをなさっていた後白河法皇が、いよいよ復讐《ふくしゅう》をお始めになるのだ、と人々は怖れおののきます。しかし清盛さまにとってはまことに心外なこと。清盛さまからすると、昔からさまざまな暗躍をなさっていた後白河法皇は、政《まつりごと》にとってはよくない方であるとの思いがあったからです。

いよいよ戦が始まります。福原で平家の方々は集まり、源氏追討軍をさし向けることとなりました。大将軍には、亡き重盛さまのご嫡男、維盛《これもり》さま、副将軍には薩摩守忠度《さつまのかみただのり》さまと決まりました。

二十三歳の維盛さまの武者姿の美しさといったらありません。赤地の錦の直垂《ひたたれ》に萌黄威《もえぎおどし》の鎧《よろい》*を身につけています。馬、刀、弓も最高のものばかりでした。が、この御曹子は、もはや武士ではなく貴族の公達《きんだち》でございます。関東の荒くれ武者にかなうはずもありません。東国に向かううちには、野で寝て、川水を飲む日々にすっかり心が弱くなっていきました。駿河《するが》の富士川《ふじがわ》に来て、明日は源平両軍が合戦するという、十月二十三日のことでございます。その夜、無数の水鳥が何かの拍子に驚いて、ぱっと飛び立ちました。それを聞いた平家軍は、源氏の襲来とあわてふためき、武具をその場に捨てて逃げ出しました。このことは後の世までの笑いぐさになったということです。

当然のことながら清盛さまは激怒なさいました。福原へ帰りついた維盛さまを許さず、

「鬼界島へ流せ」

とわめきましたが、まわりの者たちのとりなしで、なぜか維盛さまは功労の褒賞《ほうしょう》として、中将に昇進なさいました。まことに合点がいかぬこととまわりはささやきます。

それから清盛さまの暴走が始まります。かねてより評判の悪かった福原の都を、京に戻すと宣言したので大変な騒ぎとなりました。その年の十二月のことでございます。

元に戻るといっても、大半の邸は荒れ放題です。身分の高い方も郊外や、神社などにお住まいになります。こうしながらも、清盛さまはわが子の知盛《とももり》さま、弟の薩摩守忠度さまらを大将軍にして、二万騎を美濃《みの》や尾張《おわり》に派遣します。

この隙をついて、騒ぎだしたのが興福寺の大衆《だいしゅ》*でございます。半年ほど前に以仁王が反乱を起こそうとした時に加担したことをむし返し、平家が興福寺、三井寺を攻めようとしていると聞き、突然立ち上がったのです。

平家から使者をさし向けたところ、

「乗物から引きずり落とせ、髻《もとどり》を切れ」

と聞く耳を持ちません。使者は大急ぎで逃げかえりました。

ともかく奈良の狼藉《ろうぜき》を鎮《しず》めようと、大和国の検非違使《けびいし》が五百余の兵を率いて奈良に向かいました。

僧たちに向かって、

「まずは鎮まられよ」

兵たちには、

「鎧、兜《かぶと》を身につけなさるな。弓矢を置かれよ」

と命じましたが、もはや僧兵たちは言うことを聞かず、この軍のうち六十人を捕らえ、一人一人首を切り猿沢池《さるさわのいけ》のほとりに並べました。

ついに清盛さまはお心を爆発されました。あの者たちにどれほど長いこと苦しめられてきたか、そもそも福原に遷都したのも、あの者たちの力を少しでも減らそうとしたからだ。暮れていく平家の悲しみ、恐怖、焦《あせ》りがすべてひとつになり、巨大などす黒い怒りとなりました。

「奈良を攻めよ」

頭中将《とうのちゅうじょう》重衡《しげひら》さまを大将軍に、四万騎の軍勢が出発します。大衆側も七千人、兜の緒をしめ待っております。平家は四万を二手に分け、奈良坂《ならざか》、般若寺《はんにゃじ》*の二ヶ所の城塞に押し寄せます。

大衆はみんな徒歩で力が頼りの僧兵です。そこに平家の軍勢が馬で蹴ちらし、あちこち追いまわすのですからひとたまりもありません。夜に入ってから二つの城塞はついにうち破られました。

月がない夜は暗く、重衡さまはこう命じます。

「火をつけよ」

兵の一人が民家に火をつけました。重衡さまの命令が、民家を焼いて松明《たいまつ》がわりにせよというこことだったのか、それともこの宗都を焼きはらえということだったのか、今となっては誰にもわかりません。

十二月二十八日、風は激しく、吹きすさぶ風は赤い舌となり、多くの伽藍《がらん》を包みます。誇り高い僧たちのほとんどは、戦って討たれてしまいました。吉野や十津川《とつかわ》*の方へ、落ちのびた者もいます。若い学僧や、稚児《ちご》たちや、女、子どもは東大寺の大仏殿、興福寺の内へと我先に逃げ込みました。大仏殿の二階には千人ほどの人たちがのぼっていましたが、平家に後から来させないよう階段をはずしていました。ここに猛火が襲ったのです。泣きわめく声は、地獄の炎の底での責め苦も、これほどではあるまいと思われるほどでした。

藤原不比等《ふじわらのふひと》*の願いによって建立《こんりゅう》された、藤原氏代々の寺である興福寺はすべて焼け落ち、わが国に渡ってきた最初の釈迦像、地から自然に湧き出たとされる観世音像、九輪《くりん》が空に輝いていた二つの塔もあえなく煙となりました。

天平時代に創建された東大寺でも、聖武《しょうむ》天皇の発願《ほつがん》により造立《ぞうりゅう》された、金銅十六丈《こんどうじゅうろくじょう》*の盧舎那仏《るしゃなぶつ》が焼け落ちました。

法相《ほっそう》、三論《さんろん》*の経典も灰になり、わが国は言うまでもなく、天竺《てんじく》、震旦《しんたん》*においても、これほど仏法への暴虐があろうとは到底思えません。

清盛さまが亡くなられたのは、そのふた月後のことでございます。

水も飲まず、体の熱いことはまるで火をたいているようです。ただ言われることは「熱い、熱い」です。比叡山から千手井《せんじゅい》*の水を汲《く》みおろして、石の浴槽になみなみとたたえます。それにひたすやいなや、あっという間に水は激しく沸き上がって熱湯になるのです。筧《かけい》の冷たい水をひいて、体に流しますと焼いた石にあたるようにたちまちはじきかえしました。

人々は清盛さまは、早くも地獄の業火《ごうか》を受けているのだとささやきます。

人を殺《あや》め、人の心を殺めた清盛さまは、こうして苦しみもがきながらお亡くなりになりました。六十四年のご生涯でした。

ご遺体は愛宕《おたぎ》*において火葬にいたしたとか。この国にて帝よりもさらに強い権勢を誇った方も、ひとむらの煙となり空へ上がっていきました。

南無阿弥陀仏、南無阿弥陀仏……。

二、三位中将維盛

平維盛《たいらのこれもり》は雲の上から、壇《だん》ノ浦《うら》の海を眺めていた。

まだ戦いは始まらず、平家の船と源氏の船とはお互い睨《にら》み合ったままだ。いたずらに時間だけが過ぎていく。

しかし霊界をさまよう彼には、すべてが見える。あと小半刻《こはんとき》もすれば潮目が変わり、速い潮の流れに乗って、源氏方がいっせいに漕《こ》ぎ出していくことも、そして夕暮れまでには、平家のほとんどの男たちが海中に沈んでいくこともだ。

平家の船の上には、懐かしい顔がいくつも並んでいた。弟にたくさんの叔父たち、従兄弟《いとこ》たちだ。年端《としは》もいかぬ一門の者たちも、鎧《よろい》を着て青ざめた顔をして船先に立っている。

維盛は清盛入道《きよもりにゅうどう》*の長男、重盛《しげもり》の嫡男《ちゃくなん》である。父が早く亡くなってからというもの、維盛は一族の中で以前ほどは重く扱われないようになっていった。重盛が清盛の正妻時子《ときこ》の腹でなかったためである。気がつくと、時子腹の宗盛《むねもり》が平家の主流だ。

さまざまな軋轢《あつれき》があり、諍《いさか》いもあった。しかし冥府《めいふ》の人間となってみれば、すべての人たちがいとおしい。もうじきこちら側に来る人たちだ。

二位尼《にいのあま》時子殿の姿も見える。どうしてあのような小さな舟に乗っているのだろう。傍《かたわ》らにいる安徳《あんとく》天皇は静かに泣いておられる。あたり前だ。数え八歳の子どもがどうしてこのような緊張と恐怖に耐えることが出来るだろう。

血がつながっていない祖母であったが、何かとやさしくしてくれたことを憶《おぼ》えている。もう少し父が長生きしてくれたら、このようなめにあわずにすんだかもしれぬ。

たくさんの女たちもいた。一門の女たちに仕える女房たちである。女たちにこの後訪れる未来を思うと、妻をここに連れてこなくて本当によかったと思う。

源氏の軍は、早々に船の漕ぎ手を射ぬく、という作戦に出た。それまで彼ら漕ぎ手は非戦闘員とみなされ、手を出してはならぬ、というのが戦《いくさ》の不文律であった。源《みなもとのよしつね》義経はそんな古《いにしえ》の美学は無視し、手っとり早い方法に出たのである。

いくら源《みなもとのよりとも》頼朝の弟といっても、結局はそんなものだ。それにひきかえ、平家の人々は昔どおりの作法を守り、源氏の武将にも名乗りをあげるであろう。

二位尼殿の傍らにいるのが、建礼門院徳子《けんれいもんいんとくこ》だ。なんと痩《や》せてやつれたお顔をされていることかと維盛は目を見張る。

祖父清盛の愛娘《まなむすめ》として、大切にかしずかれていた。入内《じゅだい》されてからもそれこそ平家の宝として、兄や叔父や従兄弟たち一門の男たちが控えていたのだ。

が、建礼門院も海に身を投げることになる、もうすぐ。しかし死ぬことは出来ない。源氏の手によって引き上げられるのだ。后《きさき》として国母《こくも》*として、宮中の奥深くに暮らしていらした。そのお姿は见でさえめったに見ることはなかった。

その徳子が名もない源氏の兵士によって、乱暴に引き上げられるのである。

「おお、また一人ひっかかった」

男たちは東《あずま》の訛《なま》りで笑い合うだろう。

可哀想《かわいそう》な女たち。

やがて平家の船に、次々と東国の兵士たちが乗り移ってくる。女たちはかねてより決めていたとおり、次々と海に身を投げる。

懐に硯《すずり》や焼石を入れている者はいい。そのまま清らかな死を迎えられるからだ。しかし義経は漕ぎ手を射るのと同じくらい卑怯な手を使う。熊手《くまで》を使って海中の女たちの髪をからめるのだ。女たちはまるで海藻のように船に引き上げられる。

死出のために、みな正式な女房装束《しょうぞく》を身につけている。それは水を含んでとても重い。すぐに脱がされる。女たちはみな下着姿の小袖《こそで》*と袴《はかま》だけになって横たわる。

やがて女たちの分配が始まるはずだ。義経は兵士たちにこう伝えている。

「二位尼と建礼門院だけは無事にお連れ申せ。後は好きなようにしてよい」

東国の兵士たちは、その身分によって美しい女たちから選んでいく。何人かは妻として故郷に連れていかれる。残った女たちは、さんざん慰《なぐさ》みものにされた揚句、売られるのだ。

この先何年か、西国では「平家の元官女《かんにょ》」という、春をひさぐ女たちが人気を集めることだろう。真偽のほどは別にして。

よかった、この海に妻がいなくて本当によかった。維盛は安堵《あんど》のため息を漏らすのであった。

維盛が結婚したのは十五歳の時だ。妻は十三歳であった。

父の重盛は当然健康で、維盛は小松殿《こまつどの》の御曹子であった。妻は建春門院滋子《けんしゅんもんいんしげこ》に仕えていた。仕えるといっても他の女房とは違って、幼女の頃から可愛がられ手元に置かれていたのだ。建春門院さま。その名前を口に出したとたん、平家の者たちに華やかな記憶が次々と浮かびあがってくることであろう。建春門院のいた日々と、平家の栄華とはぴったり重なっているのである。

建春門院は清盛の正妻、二位尼時子の異母妹・滋子である。最初は別の方に仕えるごくふつうの女房であったが、やがて後白河院《ごしらかわ》の寵愛《ちょうあい》を受けるようになった。あれほど女性《にょしょう》が好きであられた院が、ひととき滋子に夢中になったほどだ。

美貌もさることながら、慎み深くやさしい気性は誰からも慕われた。やがて後に国母になられた時は、

「これで平家も安泰」

と誰もが思ったものだ。

あれは後白河法皇の五十の御賀《おんが》の時であった。維盛は院御所法住寺殿《ほうじゅうじどの》で青海波《せいがいは》*を舞ったことがある。桜はもう終わっていたが、春の陽の下、雅楽の名曲を舞う平家の公達《きんだち》の姿は、まさに「源氏物語」の世界であった。美男揃いの一門の中でも、維盛は母譲りの優美な容姿を持っ

ていた。桜の花をかざして舞う維盛は十八歳。結婚をして子もなしていた。

「なんと見事な舞でしょう。源氏の光の君*の姿を見ているようでした」

と建春門院は大層お誉《ほ》めになり、維盛は衣装を賜ったのである。

それを御簾《みす》の奥から見ていた妻は、誇らしさで胸がいっぱいになったと、後々まで語っていたものだ。

「あの美しくりりしいお方が、私の夫だと思うと涙が出て止まらなくなりました」

「鹿谷《ししのたに》」の事件が起こったのは、次の年であった。

あの夜のことをどう言ったらいいのだろうか。藤原成親《ふじわらのなりちか》、西光法師《さいこうほうし》、法勝寺《ほっしょうじ》の俊寛《しゅんかん》、山城守基兼《やましろのかみもとかね》*、式部大輔雅綱《しきぶのたいふまさつな》*、平判官康頼《へいほうがんやすより》*、宗判官信房《そうほうがんのぶふさ》*、多田蔵人行綱《ただのくらんどゆきつな》*といった者たちが集まり、酒を酌みかわしていた。場所は鹿谷にある俊寛の別荘である。

ことの発端は、藤原成親がかねて願望していた左大将の地位を、平家の重盛に取られたことである。そのうえ弟の宗盛が右大将になったのだから、このうえなく強引な人事であった。

ふだんは平氏に深くかかわり、その恩恵を受けていた人たちであるが、いや、受けていたからこそ憤懣《ふんまん》やるかたない思いになった。酒でも飲まずにはいられなくなったのであろう。

そこには後白河法皇もおいでになった。世間の人たちはみな知っていることであるが、法皇は女色もひとかたならぬほどお好きであったが、男色もことのほか好まれた。少年の頃、美童といわれた成親は、ずっと法皇に愛されていたのである。

これといって具体的な謀《はかりごと》があったわけではない。ただ後白河法皇ははっきりと、

「平家を近いうちに何とかせねばならぬ」

というようなことをおっしゃった。その言葉に驚いたのは成親であった。思わず立ち上がったついでに、瓶子《へいじ》を倒してしまったのだ。貴人の前では大変な失態であるが、もともと即妙なところがある彼は、すぐに言いつくろうことが出来た。

「平氏が倒れました。平氏が倒れましたぞ」

と大声ではやしたてたのだ。瓶子と平氏をひっかけたのであるが、この機転に後白河法皇は大喜びされた。

図に乗った俊寛は、

「この平氏をいかがしましょう」

とさらに問いかけ、西光法師が応えた。

「首をとりましょう」

瓶子の口もとを取るしぐさをしたのだ。

酒に酔ってのうっぷん晴らしの狂態を、つげ口したのは多田行綱である。ことの子細を、いやかなり大げさにして清盛に伝えたのだ。当然のことながら清盛は激怒した。そこにいた者たちに、死罪と流罪を言いわたした。成親の首をすぐに刎《は》ねろと。

ここから維盛の苦境が始まった。愛する妻は成親の娘なのである。維盛は父重盛に懇願した。なんとか死を免れることは出来ないかと。重盛の正妻は、成親の妹でもあった。

もともと思慮深く、ものの道理をわきまえた重盛は、年のせいですっかり短気になっている清盛に言葉を尽くした。自分の人事が事件をひき起こしたことも承知していたのだ。
「大納言《だいなごん》（成親）にまで残酷なことをなさると、人心は離れていきましょう。そしてそれは必ず子孫に及ぶはずです」

清盛はしぶしぶと死罪を取り消したのであるが、とはいっても平家の武士たちはいきり立っていた。成親は配流《はいる》ということになったのだが、吉備《きび》の山中で崖から突き落とされたのだ。しかも崖の下には、鉄製の菱《ひし》を置いていたという残酷さである。

父の死を知り、維盛の妻の嘆きはただごとではなかった。

親子の情愛が薄い公家もあったが、成親は大層子煩悩《こぼんのう》であったのだ。配流が決まった時には死をも覚悟して、子ども一人一人に心を込めて別れを告げたという。維盛の妻も手紙を託された。そこでは成親自身の不祥事をひたすらわびながらも、身の潔白を言いたてている。

「平氏を倒すという怖《おそ》ろしいことを、戯《ざ》れ言《ごと》にせよまずおっしゃったのはあのお方なのだ」

後白河法皇のことだ。実は維盛と結ばれる前、法皇はまだ少女だった妻の美貌に目をとめた。そして自分のものになさろうとしたのだ。

妻は建春門院という、法皇の寵姫《ちょうき》のお側《そば》にいる者だ。しかも妻の父と後白河法皇とは、かつて通じていたのである。その娘を所望しようとは、なんというあさましさであろうと維盛は身震いした。

今や貴族となり、自分も光源氏の再来などともてはやされるようになったが、武士の荒ぶる魂はまだ平家の者たちの中にあり、こういう時に顔を出す。古《いにしえ》からの貴族たちのただれ切った性の乱淫《らんいん》さにはとてもついていけない。そういうものから妻を守って本当によかったと思う。

しかし妻は言った。

「どうか私を離縁してくださいませ」

平家を倒そうとした者の娘には、とても一門の嫁としての立場がないと言うのだ。

「何を言うのだ。父重盛の正妻も、成親卿の妹君であられる。そなたは胸を張って前どおりにしていればいいのだ」

というものの、鹿谷の一件以来、維盛の妻が遠ざけられていたのは確かなことだ。重盛が亡くなり、清盛も熱病でもがき苦しみながらあの世に去った。既に髪をおろしていた時子は、周囲から「二位尼殿」と呼ばれるようになり、今や平家一門の大きな柱となっている。時子は一門の女たちを時々集め、珍しい菓子をふるまう。気に入りは四男知盛《とももり》の妻である。その知盛の妻を傍らに座らせ、時子は女たちに一門の心がけを説く。その席に維盛の妻は呼ばれなくなった。

「かえってお気を遣われるから」

と二位尼は言ったらしい。維盛は富士川《ふじがわ》の戦いで失態をおかしていた。水鳥の音にあわてふためき、敵の襲来と思い逃げかえったのである。維盛たちを呼ぶ「小松殿」は、今や亡き父重盛以来の尊称でなく、傍流ということを表しているのである。

都落ちに加わらなくてもよいと、妻に言ったのは維盛である。

「私はいつも話していたように、一門の者たちと都を落ちて西国に行く。あなたとずっと一緒にいたいけれどもそれはかなわぬことだ。どうかあなたは子どもたちと都にとどまってください」

福原《ふくはら》へ向かった平家の高位の者たちはすべて妻を連れていった。都にとどめておいたのは維盛一人である。

「たとえ自分が討たれたと聞いても、決して出家なさってはいけませんよ。どんな者でもいいので再婚なさって、ちゃんと生き延びてください。そして幼い者たちを育てるのです。希望を捨てなければ、きっと道は開けるはずですから」

妻は返事もしない。衣を頭からかぶってずっと泣いているのだ。

しかしいよいよ維盛が出発という時になると袖にすがってひきとどめた。

「私にはもう、この世に父も母もおりません。あなたに捨てられたら、私は一人ぼっちになってしまうのですよ。あなた以外の人を、夫に持とうなどとはまるで考えもしないこと。それなのに、他の男の妻になれとは、なんと恨めしいことをおっしゃるのですか。あなたとのことは、すべて前世からの宿縁《しゅくえん》です。どこまでもあなたのお供をし、同じ野原の露とも消え、同じ海の底の藻屑《もくず》になろうと心に決めていました。これでは毎夜の寝間《ねま》での睦事《むつごと》も偽りだったのかと疑ってしまいますよ」

そうだとも、維盛は都にいる時、ずっと妻と共寝《ともね》をしていたのである。他にも女はいたが、妻を悲しませまいと公にしたことはない。子どももなしていなかった。

「せめて私一人なら、捨てられる運命と諦《あきら》め都でくち果てましょう。けれど幼い者たちを託されてどうしろとおっしゃるのか」

維盛には密《ひそ》かに目算があった。

平頼盛《たいらのよりもり》＊のことである。先ほど頼盛は鳥羽殿《とばどの》までできたものの「忘れていたことがある」と言い、都へとってかえしたのである。平家の都落ちから離脱したのだ。

頼盛の母は、清盛の継母《けいぼ》である、池禅尼《いけのぜんに》といわれる女性で、かつて平治《へいじ》の乱の敗者頼朝の助命をした。死んだ息子にうり二つの、少年の首を刎ねないでくれと泣いて頼んだのだ。頼朝はこの時の恩を忘れてはいなかった。どうか平家一門の都落ちに加わらず、都のどこかに身を潜めていてほしい。決して悪いようにはしないと、かねてから通じていたのである。

維盛の妻は、平家転覆を企んだ、藤原成親の娘である。平家のために惨殺されたこの大納言のことを、頼朝が憐《あわ》れに思うなら、決して維盛の妻と子を粗略《そりゃく》に扱わないだろう。都にいた方が安全なのだ。

まわりに人がいるため、そんなことは明言できない。ただこのように言った。

「私たちはあなたが十三、私が十五の時からの仲です。決して別れることはあるまいと思っていましたが、あなたをお連れして、知らない土地でつらい思いをさせるわけにはいきません。どこか落ち着いたら、必ず迎えにまいります。人を差し向けますので、どうか今は都にとどまってください」

妻は頷《うなず》きはしなかったが、もうそれ以上言葉を発しなかった。今はそれを信じようとしているに違いない。

維盛には十歳の若君と八歳の娘がいた。どちらも親の容貌を受け継いで、人目をひく美しさである。

維盛が鎧をつけ、馬に乗ろうとすると、この二人が邸《やしき》の奥から走り出てきた。父の袖と草《くさ》摺《ずり》＊にしがみつく。

「父上さま、どこにいらっしゃるの。私たちを置いていかないで。父上さまの行くところ、私たちもついていきます」

これには維盛も言葉がなく、しばらく涙にくれていた。そこに資盛《すけもり》、清経《きよつね》、忠房《ただふさ》といった弟たちがやってきた。母が違うがみな重盛の子でみな小松家の一員である。弟たちは馬に乗ったまま門の中に入り、いささか非難がましい口調で長兄に口々に言った。

「行幸《ぎょうこう》はもう遠くまでいらっしゃいましたよ。どうしてもっと早く出立《しゅったつ》なさらないのですか」

維盛は涙をぬぐおうともせず、邸の廂《ひさし》までとってかえした。そして弓の端で御簾《みす》をかき上げる。妻は顔を袖で隠していたが、こちらを見ている若君と姫がいた。

「ご覧なさい。幼い者たちがあまりにもひき止めるので、思いのほか遅れてしまいました」

これには弟たちも、庭に控えていた者たちも涙をぬぐった。みな都に愛する者を誰か置いていくのだ。

が、意を決して馬に鞭《むち》をくれた。門を走り出ていく。小さな兄妹は御簾の中から転がり出て、人目もはばからず大声で泣きわめいた。その声はずっと頭の中に残り、維盛を迷わせることとなった。

やがて小松殿の公達六人は千騎ほどひき連れ、淀《よど》の六田河原《むつだがわら》*で行幸に追いついた。

前内大臣《さきのないだいじん》宗盛はそれを嬉しく頼もしく思いながらもつい小言を口にしてしまう。

「どうしてこんなに遅くなったのだ」

維盛はなんのてらいもなく答えた。

「幼い者たちがあまりにも泣きますので、それをなだめるため、つい遅くなったのですよ」

「幼いといっても、若君はもう十歳になられたはずだ。どうして連れてこなかったのか」

立派な戦力になると言いたかったのだ。

「泣いてばかりいる、まだまだ子どもなのです」

と答え維盛はまた涙をこぼした。

都落ちしていく人たちは、前内大臣宗盛、平大納言時忠《へいだいなごんときただ》、平中納言教盛《へいちゅうなごんのりもり》、新中納言《しんちゅうなごん》知盛、修理大夫経盛《しゅりのだいぶつねもり》といった平家の主だった者たち、僧職にある者は二位僧都全真《にいのそうずぜんしん》*、法勝寺執行能《しゅぎょうのう》円《えん》など。侍は百六十名、七千騎を従えている。東国、北国《ほっこく》での戦いで、兵はかなり少なくなっていたが、とにかくこの人数で源氏と戦わなくてはならない。

一行は山崎《やまざき》まで進み、関戸院《せきどのいん》*で安徳《あんとく》帝の御輿《おんこし》を置いた。そして男山八幡宮《おとこやまはちまんぐう》*を拝しみなで祈った。

「帝《みかど》をはじめとして、どうかこの私たちを都に戻してください」

が、その祈りは虚《むな》しいものであったと、平家はすぐに知ることになる。平家が都を落ちてすぐ、姿を隠されていた後白河法皇は都にお帰りになった。そして木曽義《きそのよし》仲《なか》、源行家《みなもとのゆきいえ》*に平家追討の命を下したのだ。そして安徳天皇を無視するかのように、高倉《たかくら》院の遺児四宮《しのみや》*を新しい天皇になさった。平家一門百六十人の官職は剥奪《はくだつ》され、全員大宰府《だざいふ》に落ちていった。

が、そこも安住の地ではない。一度は勢いを取り戻して都に近づいたこともあったが、再び追われる立場になり、雨の中、嵐の中、平家の一行は西へ東へと逃げた。やがて一*の谷で平家は大敗し、主だった者たちの何人かが戦死するか、生け捕りにされた。そんな中維盛は残された一門と共に八島《やしま》*にいた。朝廷は安徳天皇の行幸と共に運ばれた三種《さんしゅ》の神器《じんぎ》を取り戻すために、さまざまな交渉を始めたのである。

しかし維盛は戦意を完全になくしていた。ただ呆《ほう》けたように妻子のことばかり考えている。都に残した妻と子どもたちが恋しくてならない。自分を慕って泣きじゃくっていた三人のいとしい者たち。彼らに一目会いさえすれば、この身はどうなってもいいとさえ思う。どうにかして都に入れないだろうか。しかし叔父の重衡《しげひら》のことが頭をよぎる。生け捕りにされた重衡は、大通りをひき回されているのだ。

「そこまで生き恥をさらすのは、生き残った者たちにもつらいことだろう」

考えれば考えるほど頭がおかしくなりそうだ。そして夜寝る時に考えるのはいとしい妻の白い裸身である。何も知らない少年少女の頃から、ただ抱き合って共に暮らしてきた妻が恋しい。

妻が忘れられない。こんな自分をつくづく情けないと思う。他の平家の男たちは、今や華々しく死ぬことしか考えていないのだ。憎き源氏に一矢を報いた後は、西海の底に沈む覚悟である。それなのに自分は、都の妻のことを思い一人泣いているのである。

自分のように俗世に苦しめられている人間はいまい。だったらいっそのこと、この世を捨ててしまおうと維盛は心に決めた。そしてある夜、供《とも》を三人だけ連れ八島を脱出したのである。向かうのは高野山《こうやさん》＊だ。高野山にかねてより知っている僧がいるのだ。

高野山にしばらく置いてもらったのだが、維盛はなかなか出家の決心がつかない。自分の心を占めていることは、仏を信じることではなく、ただただ都にいる妻子に会いたいという、さもしい欲だけだとわかっているからである。

「自分はどうして仲間たちから離れ、こうして山中にいるのだろうか」

維盛は自分に問うてみる。

「私はどうしても運命に従うことが出来ないのだ。平家の者ならば、死に向かう戦いに行かなければならない。が、私は生きて妻や子に会いたい。ただそれだけなのだ」

しかしそれが不可能というならば、出家して別の世界を見なくてはならない。この俗世界を捨てたら、また見えてくるものがあるのかもしれない。

こうしている間にも頭《かしら》を剃《そ》った三人の男が堂の中に入ってくる。幼少の頃から維盛に仕え、この逃避行の供をしてきた者たちだ。彼らはとうに信仰の世界に入っていたのである。

もうこれ以上ぐずぐずしていることは出来ない。維盛は三度短い経文を唱えた。二十七歳であった。

そしてさめざめと泣いた。好きでした出家ではない。舎人《とねり》*を呼んでこう告げた。

「西国で左中将《さちゅうじょう》清経《きよつね》殿*が亡くなり、一の谷で備中守《びっちゅうのかみ》師盛《もろもり》殿*が討たれた。世間がすべてつらくいやになったので出家をいたしましたと、八島の人たちに告げてくれ。そして都に行き、妻には私がこうなっても決して尼にならないようにと、伝えてくれ」

こうしている間にも高野山にも源氏の手が伸びてきた。維盛はさらに山の中に入ることとなった。山伏《やまぶし》修行者の姿をして、熊野へと長い道のりを進んでいく。

十日目のこと、岩代《いわしろ》の王子《おうじ》*の御前で、狩装束をした男たちが七、八騎近づいてきた。いずれも身分の卑しくない風である。維盛に気づくに違いない。覚悟を決めた。供の者たちと目くばせして、腰の刀に手をやる。いざとなったら切腹するつもりだ。が、意外なことに彼らの一人が急いで馬から下り、姿勢を正して通り過ぎた。

「自分のことを知っているのだろう。が、見逃してくれたが、いったい誰なのか」

維盛は感謝しながら足早に通り過ぎる。

「今の僧はいったいどなたなのか」

維盛が行った後、先ほど馬から下りた者である当国の権守《ごんのかみ》*の息子に、他の者が尋ねた。すると彼ははらはらと涙を流した。

「今のお方は小松大臣《おとど》殿の御嫡子三位中将《さんみのちゅうじょう》維盛殿だ。私は昔、あの方が青海波を舞われた時の素晴らしさを聞いたことがある。光源氏もかくやと思われる美しさだったと。それがあのようにお変わりになった。ああ、おいたわしいことだ」

やがて*熊野三山の参詣《さんけい》を済ませた維盛であるが、それでも信心の強い静かな心はわいてこない。迷いうろたえるうち、やはり死なねばならないという気持ちだけは固まってくる。*浜の宮という王子の前から一艘《いっそう》の船に乗り、沖合に出ていった。途中小さな島があり、岸にあがった。大きな松の木を削って名前を記した。

「祖父《そぶ》太政大臣《だいじょうだいじん》平《たいらの》 朝臣《あっそん》清盛公、法名《ほうみょう》浄海《じょうかい》。親父《しんぷ》内大臣左大将重盛公、法名浄蓮《じょうれん》。三位中将維盛、法名浄円《じょうえん》。当年二十七歳、寿永《じゅえい》三年三月二十八日、那智《なち》の沖にて入水《じゅすい》」

ここまでして決心をしたはずなのであるが、いよいよとなると心が揺れる。

「なんとぶざまな自分だろう」

西の方に向かい念仏を唱える。まだ飛び込めない。

ああ、妻子というものは持ってはいけないものだとつくづく思う。こうして往生のさまたげになるのだ。が、立ち会ってくれた聖《ひじり》はこう言った。

「あなたの身は青い海の底に沈むと思われても、紫雲《しうん》の上にのぼるだろう。そこで成仏され、煩悩《ぼんのう》を脱し悟りを開けばよいのですよ。死の苦から解脱《げだつ》して悟りを開かれたなら、娑婆《しゃば》の故郷に立ちかえって妻子を導きなさい、このことを決して疑ってはいけません、必ずかないます」

そうか、とにかく死んでみれば悟ることが出来るのだと維盛は「南無《なむ》」と唱え海に入った。

それを傍らで見ていた二人も次々と入水していった。

そして確かに今、維盛は紫雲の上にいる。そしてもうじき滅びていく平家の仲間たちを眺めていた。

「思えば私たちは、死ぬために生きてきた一族だったではないか」

ほとんどの者が海の底に沈むはずである。が、そう嘆くこともない。哀れで美しい死によって、平家一門の名は後世《こうせい》にもずっと残るはずである。

そして源氏は勝利し、権力を握ることになるであろう。が、それも長くは続かない。やがて滅びることになっている。

維盛は船端に立たれている建礼門院を再び眺めた。おそらくこの後、地獄を見ることになる小さなお顔。しかし死にはしない。死ぬよりももっとつらい未来が待っている。

「が、どうかお心を強く」

維盛はそう言わずにはいられなかった。彼には次々とさまざまなものが見えてくる。

我が息子はいったんは命を許されるものの、青年になってから斬られる。娘は幸せに暮らすだろう。そしていとしい妻は、この戦の後、落ち着いたら再婚することになっている。

時々はみなの夢に出ることにしよう。それが導くということかもしれぬと維盛は考える。

三、無官大夫敦盛

水夫《かこ》たちは、平家の運命を夕刻までと判断したらしい。

それぞれの舟にもたらされた水は、ほんのわずかな量であった。瓢箪《ひょうたん》から木器《もっき》に注がれた水を経盛《つねもり》＊は飲み干し、これを末期《まつご》の水と決めた。

先ほど主だった者たちが宗盛《むねもり》の舟に乗り移り評定《ひょうじょう》をした。それは勝つための作戦ではなく、いかに潔く死に向かうかの取り決めである。

「二位尼殿《にいのあま》はもうすべてをおわかりだ」

総大将の宗盛は母の覚悟を告げる。

「これまでと思われたら、主上《しゅじょう》を抱かれてすみやかにご入水《じゅすい》あそばされるという」

その時、男たちの中から、主上だけでもお救いしたらどうか、という意見は全く出なかった。数え八歳の安徳《あんとく》天皇は、平家一門と運命を共にするものと誰もが考えているからである。

宗盛も何度も口にする。一門という言葉を。

「一門として恥じなき戦《いくさ》をしようではないか」

一門、一門と宗盛が何度も発するその言葉が、これほど空々しく聞こえたことはなかった。

経盛は思う。

はたして自分は本当に平家一門の人間だったのだろうか。

死んでいった自分の三人の息子は、一門という名の下に、戦場に駆り出されたのではないか。

経盛は鎧《よろい》の腰に手を伸ばした。平家の男たちは武具に優美な贅《ぜい》をつくしていたから、鹿革で威《おど》してある甲冑《かっちゅう》は、細かい桜模様に染められていた。そこに、ひとつの笛と手紙を携えていた。

自分の舟に戻り、ゆらゆらと揺られながら経盛は、波の間に漂う源氏の軍船《いくさぶね》を見つめていた。はるかにその数は多い。今まで平家の味方と考えていた地元の豪族たちも、こぞって源氏側に加わったからだ。

経盛は目をこらす。源氏の船にちらちらと旗や甲冑が、陽《ひ》の光を浴びて光っているのが見える。経盛はその中に、熊谷直実《くまがえのなおざね》がいるような気がして仕方ない。

熊谷直実は息子の敦盛《あつもり》*を手にかけた男である。戦場で命を落とすのは武士のならいとして覚悟していた。しかし敦盛はたった十七歳だった。六十一歳の経盛にとって、末子の敦盛はことのほか可愛く、兄たちが嫉《ねた》むほどであった。

その敦盛があっさりと敵の手にかかって死んだのだ。しかもそれを教えてくれたのは、息子を手にかけた熊谷自身だったのである。

今から一年前、八島《やしま》にいる経盛のところに使者がやってきた。そして手紙と細長い包みを置いていった。錦にくるまれた包みは笛とすぐにわかった。そして経盛は息子の死を確信したのである。

その笛は〝小枝《さえだ》〟という銘がつけられていた。父忠盛《ただもり》が、鳥羽《とば》院から拝領したものである。このように貴いものは、嫡子《ちゃくし》の清盛《きよもり》が受け取るものだったただろう。しかし忠盛は、三男である経盛に授けたのである。

「お前には笛の才がある」

本当にそうは思っていなかったかもしれない。が、外腹《ほかばら》の自分のことを、忠盛は常に気にかけていたのだ。

同じように自分も、敦盛のことを案じていた。四十代も半ばになってから、外に産ませた息子である。母親に似て、まるで女のような優美な顔かたちを持っていた。性格も軟弱というのではないが、弓をひくことにそう長《た》けているとは思えない。

「わが息子はどれほど身分が低くても、藤原の家に生まれてくればよかったのではないか」

都落ちの時も、藤原氏の者たちはほとんど残っていたではないか。たとえ平家と縁組みをしていてもだ。

もし敦盛が文官の家に生まれていたら、ずっと笛を吹き続けていられたかもしれない。しかし平家一門ということで戦場に駆り出された。まだ無官だったというのに。

嫡男の経正《つねまさ》にしてもそうだ。都でも評判の琵琶《びわ》の名手とされていた。が、敦盛と同じように一の谷で命を落としている。いったい一の谷で、どうして自分の息子たちは三人とも亡くなったのであろうか。それを解く鍵は、熊谷直実という武士からのこの手紙なのである。

それまで猛威をふるっていた木曽義仲《きそのよしなか》があっけなく失脚し、代わって源義経《みなもとのよしつね》という若者が指揮をとるようになってから、近いうちに都に凱旋《がいせん》という平家の野望はいっきにうち砕かれた。

しかし一の谷は、負けるはずのない戦いであった。

福原《ふくはら》の都近く一の谷は、後ろに山が迫り、海岸はなだらかだ。平氏はこの陸地に難攻不落と思われた陣を張り、沖には船を浮かべて監視を続けた。兵の数は三千。義経軍の倍あった。が、若き智将義経は、軍を二手に分け後ろから襲いかかったのだ。朝駆けをしたのである。

これによって、能登守教経《のとのかみのりつね》ら主だった者たちは敗走したという。八島にいた経盛らにとっては、歯ぎしりしたいほどの油断である。熊谷はその逃げる武士たちを追って、浜辺まで行きついた。


あさましいもので、同じ首をとるなら、そこいらの雑兵《ぞうひょう》*ではなく、身分ある方のものをと考えておりました。たぶん平家の公達《きんだち》の方々は、海に浮かぶ軍船にお逃げになるはずと磯の方に進みました。

ご存知ないとは存じますが、私は以前知盛《とももり》さまにお仕《つか》えしていたことがあり、お家の隆盛の頃も憶《おぼ》えております。宮廷でのさまざまな催しでの、正装した平家の方々の美しかったこと、ご立派なことといったらありません。あの方々のうちの一人でも、自分の手にかけることが出来たら、己の価値も上がるだろうと思うのは、どうか凡夫《ぼんぷ》の醜さと思ってくださいませ。

その時、武者が一人、沖の船に乗り込もうと、ざざっと海の中に入っていきました。

練貫《ねりぬき》*に鶴の縫取りをした直垂《ひたたれ》に、萌黄《もえぎ》*色の鎧をまとい、黄金《こがね》づくりの太刀を帯びた姿は、今でもこの目にはっきりと浮かびます。

まるで武甕槌大神《たけみかづちのおおみかみ》＊の再来のようでした。私は声をかけました。

「そこにいらっしゃるのは、大将軍とお見かけします。卑怯《ひきょう》にも敵に後ろ姿をお見せになるのですか。戻っていらっしゃい」

するとその武者は、さっときびすを返して波うち際までやってきました。私たちは馬上で組み合いになりました。案外あっけなく武者は下に落ち、私は首を刎《は》ねようと顔をあおむけにしました。するとどうでしょう。今まで見たこともない美しい少年だったのです。

薄化粧をして、高貴な人の証《あかし》であるお歯黒をしていました。首すじがあまりにも細く白くて、とても刀を立てることが出来ません。

私は丁寧にお尋ねしました。

「あなたはどういう方でいらっしゃいますか。どうかお名乗りください」

既に私はこの方をお助けする気になっていました。いたいたしいほど若く美しい方のうえに、おもざしが私の息子によく似ているのです。

その若武者はこうおっしゃいました。

「私の名を聞く前にお前が名乗れ」

その高慢さも、身分の高い方独特のものです。

「たいした者ではございません。武蔵国《むさしのくに》の住人、熊谷次郎直実と申します」

何の身分でもないことがわかったとたん、その若武者は勝気にこう叫んだのです。

「それでは名乗りはしない。しかしお前にとってはよい敵《かたき》だ。私は名乗りはしないが、首をとって人に尋ねてみろ。源氏の中にも私を知っている者がいるだろう」

お若いのになんと豪胆なことと、私はすっかり感嘆してしまいました。そしてこの方をお助けしなければと心に決めたのです。この方を一人討ったところで、勝敗には大差が出るわけではない。こっそり見逃してさし上げよう。もし自分がこの方の父親で、このように素晴らしい息子を失ったら、どれほどつらいことかと想像したのです。

そうです。この方をそっと船に行かせるつもりでした。私が声をかけたばかりに、この勝気な若者は、よせばいいのに戻ってきたのですから。

その時、ひづめの音がして私はふり返りました。味方が五十騎ほどやってきます。もしこの者たちに捕まったらどうなるでしょうか。すぐに殺されるか、あるいは生きたまま恥をさらされ、都大路《みやこおおじ》をひき回されるのです。といっても長く生きられるわけではありません。見物人の前で首を刎ねられて、それはさらしものにされます。

私はこの美しい方を、そんな残酷なめにあわせたくはありません。瞬時に決断しました。若武者にささやきます。

「お助け申そうと存じましたが、味方の者たちがやってきました。もうお逃げになることは出来ますまい。同じことならこの直実がお命いただきます。そして必ずやご供養《くよう》をいたします」

そうしますと、若武者は、

「もうよい。さっさとしろ」

と目を閉じられました。

その後のことはもう詳しく申しますまい。終わりました時は、目の前が真っ暗になりました。まるで自分の息子を手にかけてしまったような思いにとらわれたのです。どうして武芸の家などに生まれたのだろうか、これほどつらく悲しい思いをしなくてはならないのだと、その場で砂を叩《たた》いて泣きました。私があまりにも泣くので、知り合いなのかと、味方の者たちがいぶかしく見たほどです。

そして鎧直垂を取り、お首を包もうとした時、錦の袋に入った笛を見つけたのです。はっと思いあたることがありました。今日の明け方、陣の中で笛を吹いていらしたのはこの方だったのだと。源平兵士何千人もいようとも、戦場《いくさば》へ笛を持っていらしたのはこの方以外誰がいるだろうか。私はつくづく貴い方の気高い精神に触れたような気がいたしました。

私はこの笛を首と共に九郎判官《くろうほうがん》義経殿のところに持っていきお目にかけました。

「これが明け方に聞こえていた笛でございます」

と申し上げたところ、義経殿もまわりにいた武将たちもみな涙いたしました。あなた様にとっては、憎い源氏の者たちでございますが憐《あわ》れということも知っているのです。

そして若武者のご身分もすぐに知れました。正三位《しょうさんみ》*経盛公のご子息でいられるのですね。最期までお持ちになっていたこの笛を、お形見としておおさめいただきたく、使者に持たせます。お悲しみが深くなりましょうとも、このような名器を私が持っているわけにはいきません。

近いうちに私は髻《もとどり》を切り仏門に入ろうと考えております。つくづく人を殺《あや》めることがいやになりました。約束したとおり、敦盛さまの菩提《ぼだい》を弔うつもりです。よってあなたと戦場で会うことはありますまい。それだけが救いです。

経盛は再び源氏の軍船を見る。やはりあの中に熊谷という男が立っているような気がして仕方ない。仏門に入ることを疑っているわけではないのだが、今、平家が滅びるのを熊谷という男に見届けてもらいたいと思うからだ。縁もゆかりもない少年のことを、それほど大事に考えてくれる人間なのだ。今日海に沈んでいく数百人の、冥土《めいど》での幸せも祈ってくれるに違いない。

経盛は携えた笛にもう一度触れる。これを授けた時の、息子の喜びに満ちた顔を思い出す。〝小枝〟は嫡子である兄経正が継ぐものだと思っていたからだろう。その時、

「〝小枝〟は心が清い時にしか吹いてはならぬ。よこしまな思いがわずかでもある時は触れてもならぬ」

という父忠盛の言葉も伝えた。敦盛にとっては、会ったこともない伝説の祖父だ。しかし殊《しゅ》勝《しょう》に何度も頷《うなず》いたものだ。

どうしたのだろうか。息子への悲痛な思いをふりはらおうとすると、父のことがしきりに思い出される。平家の繁栄の基《もと》を築いたとされる忠盛であるが、あの方こそ武だけではなく文の人でもあったのだから。

父、忠盛が家にやってくることはめったになかったが、その時は必ず〝小枝〟を携えていた。そして月が出ている夜なら、縁に座り静かに曲を奏でた。

この頃既に歌人としても頭角を現していたはずだ。白河院《しらかわいん》の命で編まれた「金葉《きんよう》和歌集」にも四首とられている。

そして父の血をひいて、自分も歌詠みであった。

平家が華やかなりし頃、宮廷で開かれた歌会の数々を思い出す。二条《にじょう》天皇の御前に出て、歌を吟じたあの光栄。

御簾《みす》の向こうから主上ははっきりとしたお声で詠じられた。聡明で穏やかな主上。

太皇太后宮多子《たいこうたいごうぐうたし》さまは、経盛が職事《しきじ》＊として心を込めてお仕えした方である。多子さまも歌の才をお持ちで、よく歌合わせをなされた。兄の藤原実定《さねさだ》さま、弟の藤原実家《さねいえ》さま、女房《にょうぼう》の小侍従《こじじゅう》という、当代きっての歌詠みたちと集ったあの楽しさは、経盛の大切な記憶である。

経盛は従者に、筆と紙を持ってこさせた。そろそろ辞世《じせい》の歌をつくる時がきた。空を眺める。今は落飾《らくしょく》＊した多子さまに、せめて一首届けることが出来たらどれほどいいだろうか。が、今、ここで歌を書いたところで、どうやって残すことが出来るだろうか。一片の紙は自分と共に海底に沈み、やがて塩水に溶けてしまうに違いない。

が、それほど嘆くことはなかった。西へ逃げる途中、経盛はいくつかの地で歌を詠んだ。そしてそれは神社に奉納しておいた。何年か後、平経盛の作として誰かが歌集に編んでくれるだろう。今はそれを信じたい。

関戸《せきど》で石清水八幡宮《いわしみずはちまんぐう》を遥拝《ようはい》した時は、まだ希望を持っていた。いつかきっと都に帰れることを祈ってみなで詠んだ。

すぐ下の弟、中納言教盛《のりもり》*は、

はかなしなぬしは雲井にわかるれば
跡はけぶりとたちのぼるかな

なんとはかないことだろう。都の邸《やしき》の主人は、遠く離れたところにきてしまった。その跡は煙となって空に立ちのぼっていく……。

それを受けて経盛が詠んだ。

ふるさとをやけ野の原にかへりみて
するもけぶりのなみぢをぞゆく

焼け野原になって煙っている故郷をふり返って思う。これから先は浪路に水煙が立つ旅路を行くのだなあ。

そこにいた男たちはみな涙をぬぐった。みな都落ちしていく時に、邸に火をかけていたからである。そしてこの先も安住の場所はなく、行くてに戦火が燃えることもわかっていたからだ。

その予想どおり、平家一行は、かつての都福原も捨て、西へ西へと向かった。筑紫《つくし》*で内裏を造ろうという案もあったのだが、人も木材も足りぬまま、時間だけがたっていった。

宇佐宮《うさのみや》*に参詣した時には、宮司《ぐうじ》の邸を仮の御所として、社殿が平家の者たちの宿舎となる。褥《しとね》もなく、着の身着のままで横たわるみじめさといったらない。それでも何人かの者たちは歌を忘れなかった。

荻の葉を揺らす風が強い夜、九月十三日の後《のち》の月《つき》であった。話題はいつのまにか、宮中での歌合わせのこととなる。昨年のあの夜もやはり月が美しかったと。

薩摩守忠度《さつまのかみただのり》がまず詠んだ。

月を見しこぞのこよひの友のみや
都にわれを思ひいづらむ

月を共に見た、昨年の九月十三夜の仲間だけが、都で私のことを思い出しているのだろうなあ。

経盛が続けた。

恋しとよこぞのこよひの夜もすがら
ちぎりし人のおもひ出《で》られて

恋しいことだなあ。昨年の今夜に一晩中語り合ったあの人が思い出されることだ。

自分の邸でも、幾たびか月の宴をもうけたことがある。息子の経正*と経俊《つねとし》とが琵琶を奏で、敦盛が笛を吹いた。それは〝小枝〟ではない。敦盛がもう少し上達したら渡そうと決めていたからだ。が、それは平家が都落ちしてからのことになる。もっと早く渡してやればよかった。そうしたら思う存分、〝小枝〟を吹くことが出来たろうに。

しかしもうじき自分はあの世に行く。三人の息子たちと合奏出来る日ももう少しであろう。それを思うとやっと穏やかな気持ちになれた。

経盛は水夫に命じて、舟を弟教盛のいる舟に近づける。母は違うが、昔から気の合った弟だ。死ぬ時の手順も二人で決めていた。

源氏軍は入水《じゅすい》した者を、熊手にかけて引き上げるという噂《うわさ》だ。もしそんなことをされたら恥辱の極みであろう。鎧をつけたまま身を投げれば、重みで沈んでいくはずだが、もしもということがある。その時は二人して碇《いかり》に体を巻きつけて水に入ろうと決めていた。

教盛と目が合った。軽く頷く。すっかり安堵《あんど》した経盛は、今度は女たちが乗る少し大きな船につけた。そこには経盛の妻が乗っている。敦盛を産んだ若い女ではない。嫡男経正の母だ。長い逃避行でやつれ、髪は潮風で赤茶けていた。すっかり老婆の容貌になっていたが、今日を最後と決め、五衣《いつつぎぬ》*の正装のうえに厚化粧をしていた。

夫の姿を見ても無表情のままだ。経正を亡くしてからずっとこの態度である。きっと自分のことを深く恨んでいるに違いない。

「判官殿は女は殺さないはずです」

経盛はいきなり核心に触れる。

「ですからあなたは安心なさってもいいのですよ」

「何が安心なものでしょうか」

ぞっとするほど冷たい声であった。

「男は殺して、女はなぶりものになさるのでしょう。この婆《ばば》にまさか何かなさるわけがないが、私は他の方々と一緒に身を投げるつもりでございます」

「いや、それは困る」

経盛は〝小枝〟を取り出した。

「これが何かおわかりでしょう。わが家に伝わる家宝といってもよいものです。この笛をあなたにお預けいたしますので、どうか生き延びて都に持ち帰っていただきたいのです」

「私は嫌でございます」

北の方はぷいと横を向いた。

「それは敦盛殿が賜ったもので、私とは関係がございません。とにかく私はみなさま方と死ぬ覚悟でございますから」

経盛は妻の後ろにいる女房たちを見た。みな青ざめた顔をして船べりに座っている。白く塗られた顔は、古びた人形《ひとがた》のようであった。もうじき海に流される直前の。

その中に一人の童《わらわ》を見た。まだ十歳にはなっていない。涼やかな目は賢げで、この少年なら生き抜くだろうと経盛は確信した。

「笛は吹けるか」

少年ははいと言った。

「もう一夜あれば、お前に秘曲のひとつも教えてやれるのだが。これを持ちなさい。〝小枝〟という銘だ」

「〝小枝〟というのでございますね」

作法どおり錦の袋をおしいただいた。

「これを吹く時は清らかな心でいなければならぬ。もし邪悪な心が芽ばえたら笛を置くのだ」

「必ずそういたします」

合戦の始まるほら貝が聞こえる。さらばと経盛は自分の舟に乗り移った。

四、建礼門院徳子

硯《すずり》を懐《ふところ》に入れ、徳子《とくこ》は水中に身を投じた。

すべてに遅れをとってしまった。

わが子安徳《あんとく》天皇を抱いて、入水《じゅすい》するつもりだったのだ。それなのに祖母にあたる時子《ときこ》がしっかりと抱きかかえ、

「海の底にも都があるのですよ」

と言ったかと思うと、いきなり入水したのである。

源氏の兵士たちが驚きあわてふためき、何とか引き上げようと騒ぎだした隙に、徳子は舳先《へさき》から身を躍らせた。

水は思っていたよりもはるかに冷たい。おもりにした硯のおかげで、身は下へ下へと落ちていく。

どうして母より先に、わが子を抱きかかえなかったのか。死ぬのはとうにわかっていたはずなのに。

海は青緑色をして濁《にご》っている。どうか源氏の兵に見つかりませんように。死という安逸《あんいつ》を手

に入れるまで、どうか海の中で一人漂えますように。

その時、徳子は彗星《すいせい》を見た。海の中を真横に走っていく星を。

「あの時と同じ星ではないか」

治承《じしょう》二年*の春のこと、都の東方に大きなほうき星が走って、大騒ぎとなった。ほうき星は戦《いくさ》が起こる前兆とされているのだ。

徳子はそれを御所の縁から眺めていた。

「どうか不吉なものをご覧になりませんように」

と女房に注意され、御簾《みす》の中に入った。そうするうちに、兄たちが次々と「彗星見舞い」に訪れたのである。

「珍しいものなので、お心が騒がれたかもしれませんが、どうかご案じなさいますな」

御簾の近くまで寄ってきたのは宗盛《むねもり》である。

「急いで陰陽師《おんみょうじ》に占わせましたところ、中宮《ちゅうぐう》さまには吉兆《きっちょう》ということでございます……」

そんなことが起こるわけがないと、胸のうちでつぶやいた。

数えで二十四になろうとしていた。十七歳で入内《じゅだい》してから七年の月日がたっていたけれども、懐妊《かいにん》の兆《きざ》しはまるでない。宮中でこっそり「石女《うまずめ》」とささやかれていることも知っていた。

しかし自分にどうすることが出来ただろうか。夫となる高倉《たかくら》天皇は従弟《いとこ》にあたり、六歳年下である。十七歳と十一歳だから、姉と弟のような仲となった。

高倉天皇は絵がお好きだったので、父、清盛《きよもり》が持たせてくれた当代の名匠の絵をご覧に入れ、二人仲よく飽かず絵を眺め、あれこれ言い合った。それだけのことで、それだけの月日が流れていったということだ。


水の中に沈んでいく。ゆっくりとゆっくりと。

もうじきだ。死は手を伸ばせば届くところまで来ている。

息が出来ない。小さな泡が口元から吹き出している。

人は死ぬ時、過去のさまざまなことをいっきに思い出すというのは本当かもしれない。


高倉天皇は内気でやさしい青年であった。が、いったん女性《にょしょう》を知った後は、そのことばかりお考えになるようになった。

高貴な方というのは、元服《げんぷく》の時から添《そ》い臥《ふ》しと呼ばれる女がつく。高倉天皇は十一歳の時に元服されたから、一緒に寝る女がいたことになる。

冷たい足を懐に入れて温めてさしあげたり、手をさすったりする。そしてやがて性の芽ばえと共に、いろいろ手ほどきしてさしあげるのだ。

高倉天皇が初めてお子をつくられたのは十六歳の時だったと聞いている。が、母の身分は低く、その生まれた男の子は親王《しんのう》にもなれずすぐに寺に預けられたはずだ。

が、徳子が入内してからも、次々と内裏《だいり》の女にお手がついた。中でも有名なのは「宮廷一の美女」と言われた小督《こごう》だったろう。もとはといえば高倉天皇のお心を慰めるために、徳子がお側に差し上げた女房ではあったが、帝《みかど》はこの女性を本気で愛され、昼も夜もお呼びになったのだ。

自分はそうしたことを両親に告げたことはない。それなのに父も母もすべてを知っていた。

「何も案ずることはないのですよ」

父、清盛は言ったものだ。

「中宮のあなたがいらっしゃるというのにとんでもないことです。宮中から即刻追い出してやったので、もうご心配することはないのですよ」

それから帝が、夜一人泣いていらっしゃるのを徳子は知っている。月を眺めて笛を吹かれることも。小督は琴の名手で、合奏したことを思い出しているに違いない。

徳子も琴をかなでる。少女の頃から最高の師について習っていたのだ。しかしどうして自分から琴を弾《ひ》く、などと言えるだろうか。琴をかなでる女性を慕《した》っている最中に。が、帝があまりにもおつらそうだったので、徳子はこう声をかけてみたくなることがあった。

「それならば、また内裏にお呼びになったらいかがでしょうか」

そんなことをしたら、父、清盛がどれほど怒るだろうか。中宮という身分についてから、父は自分に対し丁重《ていちょう》な言葉を使っているが、本心はといえば「自分の姫」という気持ちが強いに違いない。思うとおりになると考えているに違いない。

徳子が生まれた翌年、保元《ほうげん》の乱があった。それに勝利した清盛は、播磨守《はりまのかみ》を命じられる。武士の力が強くなったといっても、まだまだ貴族の下に見られていた。

屋敷もまだ小さく、郎等《ろうどう》の数も限られていた。庭にちょろちょろ走り出る徳子は、「姫、姫」と皆から可愛がられたものだ。が、七歳を過ぎた頃、御簾の中に入るようにと言われた。兄たちにもうかつに顔を見せてはいけないと、もうそのような身分になったからと。

そして御簾の奥深くにいる間に、すさまじい勢いで変わっていった。世の中も、平家の家も。清盛は大納言《だいなごん》となり、経《きょう》の島《しま》*の工事を始める。長年の野望だった宋《そう》との貿易を福原《ふくはら》で始めようとしたのだ。

そして後の高倉天皇がお生まれになった。母は後の建春門院滋子《けんしゅんもんいんしげこ》さま。徳子の母、時子の妹である。

この時から父の心の中に、娘を入内させるという夢が芽ばえたのだ。しかしそれはまだはかない夢であった。もしかすると、高倉天皇の父上である後白河《ごしらかわ》法皇が反対されたかもしれぬ。それよりも徳子の身分はどうなるのか。中宮という最高の身分で入内出来るとは、あの時誰も考えなかったろう。

それから父は内大臣《ないだいじん》になり、太政大臣《だいじょうだいじん》となった。父には外腹《ほかばら》の子も含めて娘は何人かいるが、時子との娘は二人だけだ。妹は一族が絶頂期を迎える前に、中級の公卿《くぎょう》と結婚している。

御簾の中ですごすようになった姫は、徳子が初めてだった。そしてあの頃、徳子は百合姫《ゆりひめ》と呼ばれていた。百合の花が咲く頃に生まれたからだ。

父も母も、そして兄たちも百合姫と呼んだ。しかし高倉天皇がご誕生になり、六歳で立太子《りったいし》*の宣言をされてから、百合姫をとり囲む空気は変わっていく。

「あなたはいずれは特別な方になるのだろう」

と時子は言い、いつのまにか娘に対して敬語を使うようになった。驚いたことには、兄たちも自分に頭を下げる。

まるで高貴な人に対する扱いのようだ。

身のまわりのものも、仕《つか》える女たちも、歌や琴を教える師も、最高のものが集められていく。

いったい自分のまわりで、何が起ころうとしているのか。いくら世の中にうとい徳子にもわかっていった。

「滋子さまの恩を忘れてはいけませんよ」

常々父、清盛は口にしていたものだ。滋子さまは、母、時子の腹違いの妹だ。美しく愛らしいだけでなく、その聡明さで後白河院の寵愛《ちょうあい》を勝ち得ていた。平家一門のめざましい昇進は、滋子さまのおかげだとみなが知っている。

だから母、時子は、ご機嫌伺《きげんうかが》いを欠かさない。宋渡りの珍しい器や錦を持って御所に行く。幼い頃は、徳子も同行した。ちょうど皇子《おうじ》がお生まれになったばかりの頃で、滋子さまの美しさといったらない。

自らお抱きになり、顔をほころばせた。

「こんな綺麗な子は見たことがないと、院もそれはそれはお喜びでした」

徳子も白絹にくるまれたその赤ん坊を見た。目元が滋子さまにそっくりだと思ったが、それ以上の印象はない。

それよりも滋子さまがおっしゃったことを、深く心に刻むことになる。

「女は心がけ次第で、いくらでも幸せになれるものなのですよ。親の力や、まわりの心尽くしではないのです。自分を卑下《ひげ》することなく、強い心を持っていさえすれば、きっと大きな幸運がやってくるのです」

七歳の徳子が、どうしてその言葉を深く心に刻んだかというと、滋子さまに侍《はべ》っていた女房たちが、いっせいに深く頷《うなず》いたからだ。おそらくこの言葉は真実に違いない。

が、帰りの牛車《くるま》の中で、時子は少々呆《あき》れた声を出す。

「滋子さまほどの方になられても、昔の女房根性は抜けていらっしゃらないらしい」

そしてあたりさわりのない言葉で、滋子さまは、もともとは身分の高い方にお仕えしていた、女房の一人であったと娘に教えた。

「けれども百合姫は、生まれながらにして高いところのお育ちなのですよ。強いお心など持つ必要もない。父上と兄上たちがすべてうまくやってくれるはずです。そしてあなたをこの国で、いちばん幸福な女性にしてくれるはずです」

その時にはもう、生まれたての赤ん坊と徳子との結びつきは決まっていたのだ。


水の中に、大きな蝶が飛んでいる。ゆっくりとゆっくりと。

赤い羽をひらひらとさせている。

いや、あれは自分と同じように海に飛び込んだ女たちの緋《ひ》の袴《はかま》だ。

小督が宮中から消えてしまい、帝はふさぎ込むようになった。お言葉になさらなくてもわかる。

「あなたの父親というのは、なんと怖《おそ》ろしい方なのだろう」

そうおっしゃりたいのだ。

小督の前の恋人は、冷泉少将《れいぜいしょうしょう》だという。少将の北の方は、徳子の妹である。清盛は、

「婿《むこ》二人をあの女に奪われてしまった」

と、憤っている。

が、宮廷一の美女であれば、それはいたしかたないことではないだろうか。女房の一人である小督は、拒むことが出来ないのだ。

が、高倉天皇への愛は本物であろう。小督は帝の身を案じて、自ら身を退《ひ》いたのだ。それがおわかりだろうから、帝もこのようにお嘆きになっている。

男女の機微や愛情を知らないままに入内し、こうして人の妻になっている自分の横で、狂おしいほど激しい恋をしている二人がいる。徳子にはそれが不思議であった。ある日心に決めた。

「お探しになればよろしいのですよ」

帝に申し上げた。

「誰かに命じてお探しなさい」

姉のような口調になる。

「都のはずれに人知れず住んでいるでしょうから」

「しかし……」

あなたの父親に知られたら大変なことになる、という言葉を帝は発しない。それを察してやるのは、妻である徳子の役目であった。

「御所のどこかにおかくしすればよいのです。私も女房たちに、決して他言しないようにきつく言っておきましょう」

もし清盛に知られたらどうするのだ。それから先のことはわからない。清盛は徳子を丁重に扱うけれども、父が娘を溺愛《できあい》しているのとは違う。徳子の意志を尊重してくれるとは思えなかった。

とはいうものの、これほど悲しんでいらっしゃる帝を見捨てることは出来ない。

「どうかお探しなさいませ。気の済むまで」

そして密《ひそ》かに捜索が始まった。小督は嵯峨野《さがの》の奥深く住んでいたという。高倉天皇の喜びはひとしおで、すぐに内裏にお戻しになった。そしてかたときも離さないほどになり、すぐに小督は懐妊したのである。

生まれたのが内親王《ないしんのう》*で本当によかった。もし男の子だったら、清盛はさらにむごいことをしただろう。結局小督は再び内裏から追い払われて、尼にされてしまったのだ。まだ二十三歳という若さで。

「あなたには、気概《きがい》というものがないのですか」

あの時、母の時子から非難がましいことを言われた。

「身分の低い者が、自分より先に子をなしたのです。もっとお怒りにならなくてはいけません」

しかしあれほど悲しがっている帝を、どうしてほっておくことが出来ただろうか。別に喜ばせたい、と思っていたわけではない。ただすぐ近くに、暗い顔をしている人がいるのが嫌なのだ。

しかし小督のことがあってから、高倉天皇はますます自分に心を閉ざすようになった。お渡りもめったになくなってしまった。

そんな時に小督から手紙が届いたのだ。今は小さな寺で、仏に仕える身であるけれど、これは前から望んでいたことだと小督は綴《つづ》っている。

それよりも中宮さまが、私のことを迎え入れてくださったことが、今となってはどれほど有難いことだったか。中宮さまがお命じにならなければ、私はいずれ野に朽《く》ち果てる身であった。中宮さまのおかげで、私は帝との間に子をなすことが出来たのです。親子の縁は一生のもので、いつか娘がこの寺を訪ねてくれることもあるやもしれません……。

小督は同じような手紙を、帝にも出していたのだろう。帝は感謝のようにも申しわけのようにもとれる態度で、自分を二、三度抱いた。あのほうき星が出現する少し前のことであった。

入内して七年、両親は御仏《みほとけ》に祈り続けていたに違いない。どうか身籠《みご》もりますように。皇子が生まれますように。

だから徳子の懐妊がわかった時は、それこそ驚喜した。しかし油断は出来ない。出産は危険と隣り合わせなのだから。生まれてくる子がすぐに死ぬことも多いし、母子ともに亡くなることも珍しくない。

徳子の出産は、それこそ平家一門あげての大事業となった。

つわりは大層ひどく、徳子は次第に痩せ細っていった。おそらく難産になるだろうと典薬頭《てんやくのかみ》*に言われ、清盛はそれこそ怖れおののいた。

保元の乱で、自分たちがしたことを思い出したのである。恨みが籠もった敗者たちが、徳子を苦しめるのではないかという不安で夜も眠れないほどになった。

死者たちだけではない。生者にも心を配った。使者たちは急いで鬼界島《きかいがしま》へと向かう。「鹿谷《ししのたに》の陰謀」によって、この地に流された平康頼《たいらのやすより》、藤原成経《ふじわらのなりつね》*を迎えに行ったのである。

彼らが肥前国《ひぜんのくに》に着いた後、徳子の陣痛《じんつう》が始まった。

六波羅《ろくはら》の屋敷には、八十人の高僧が集められ祈禱《きとう》と共に護摩《ごま》が焚《た》かれる。しかし産室の徳子のまわりには、あまたの死霊、生き霊が集まってきた。その中でひときわ憎しみを込めて、こちらを睨《にら》む老人がいる。餓鬼《がき》のように痩せて、もはや布ともいえないようなものを体に巻きつけていた。

「私は鬼界島にまだとり残されている者だ」

男は声を張り上げる。

「憎しも憎し、清盛。よくも私を一人残したな。この地獄は、三人いたからなんとか耐えることが出来たが、一人ではもう精も根も尽き果てた。この両日中に、私は舌を嚙み切って死ぬ。その時にお前の娘を連れていくからよく見ているのだ」

その声はただ一人鬼界島に取り残された俊寛僧都《しゅんかんそうず》にほかならない。

その時、ひときわ高い般若心経《はんにゃしんぎょう》が響く。

「かんじざいぼさつぎょうじんはんにゃはらみったじ……」

この声は後白河法皇の声だ。日本一の権力者が、息子の妻のために祈りを捧《ささ》げようとやってきたのだ。なんと有難いことかと、清盛は涙する。

「しょうけんごうんかいくう」

「どいっさいくやく……」

しかしどうしたことだろう。この声によって、死霊や生き霊たちはますます興奮してきたのだ。

「もうこれ以上苦しめないでください」

徳子はうめき声をあげた。あの声を誰か止めてほしい。

後白河法皇の声は、怨霊《おんりょう》たちを喜ばせている。これはいったいどういうことなのだろうか。法皇は本当に平家の平穏を、徳子の出産を祈っているのだろうか……。

もう駄目かと力尽きかけた時、別の僧たちの力強い読経《どきょう》が始まった。すると霊たちが苦しみだした。

「なんと手強いことであろう」

怨霊の一人が叫ぶ。

「しかし、いずれその時はやってくる。少し長びかせてやるだけだ」

そのとたん、体がまっぷたつに裂《さ》かれるような激痛が走り、徳子は気を失う。


生まれたのは皇子であった。清盛の喜びようは尋常ではない。その場でおんおんと泣き出したのである。

だから無事出産を終えた徳子が、まず感じたものは幸福ではなく、深い安堵《あんど》である。平家一門の一人として、果たすべき責任を果たしたのである。

だから父から届くたくさんの贈り物や、新築された徳子の居室も当然だと思った。わが子がさっそく皇太子に立てられたことにもだ。

しかしあの時は驚いた。清盛は夫である高倉天皇を退《しりぞ》かせ、わずか三歳で息子を即位させたのである。皇子は言仁《ときひと》*と名づけられていた。

あの時、平家の力は、頂点までいこうとしていた。父、清盛は念願である天皇の祖父になったのである。

即位の礼の後、父、清盛が自分に頭を下げた。臣下として御簾の向こう側から。もう国母《こくも》となられたからと礼を尽くしたのである。

「あなたは、なんという大きなことをしてくださったのでしょう」

涙をぬぐっている。

「私にはあまた息子がおりますが、全部合わせても、あなたお一人のなさったことにはかないません」

そうだとも。兄たちがどれほど権力を持ったとしても子どもを天皇にすることは出来ないのだから。

それまでもいろいろなことがあった。清盛と後白河法皇との葛藤《かっとう》。あからさまに、平家への反感をお示しになった後白河法皇に腹を立て、父は法皇を幽閉《ゆうへい》してしまったこともある。

その時夫である高倉院ははっきりと自分を拒否したと徳子は思う。父、後白河法皇のご無事を祈り、ずっと読経をされたのだ。その背からは、自分たち平家一族に対するやるせなさが伝わってきた。高貴な方だから、憎しみ、という感情はお持ちにならない。ただどうしようもない虚無《きょむ》のお心があった。

小督を奪われ、帝位も奪われた。そしてついに父さえも狙っている一族に対しての暗い思いが、それは憎しみよりも、はるかに命を蝕《むしば》むものだ。

やがて一年もしないうちに、高倉院は薨去《こうきょ》されたのである。

平家と後白河法皇との、長い物語があった。駆け引きがあり、蜜月《みつげつ》があり、疑惑があった。高倉院が亡くなられて、今さらながらわかったことは、法皇がご自分お一人でこの世を治めたいと思っていらっしゃることだ。

もう齢《よわい》五十を過ぎていらしたが、その権力欲はねばっこく燃えたぎるばかりである。

やがて、後白河法皇が平家追討の院宣《いんぜん》を出されたという噂が流れた。それもあの頼朝《よりとも》にだ。

清盛の継母《けいぼ》、池禅尼《いけのぜんに》のおかげで、首を刎《は》ねられるのを逃れ、伊豆に流されていたあの男、よりにもよって恩知らずのあの男に、法皇は平家を滅ぼすことをお命じになった。

そんなことは嘘に決まっている。いちばんそう信じようとしたのは父であった。ともかくもまだ平和は保たれている。しかし父は焦り始めた。なんと自分の娘、厳島内侍《いつくしまのないし》*腹の姫君を、後白河法皇に差し出したのだ。姫君は十八歳である。それなのに、父は平家の策略のために、五十過ぎの老人の褥《しとね》に送り込もうとしているのだ。

なんといたわしいことだろうと、徳子は首を横に振る。そして後白河法皇の、年には見えぬどっしりとした体軀《たいく》、剃《そ》っていらっしゃる、青々とした形のよいおつむを思いうかべるのである。

そしてあの声。あたりを震わすような、朗々としたお声は、あの大きなふた皮目《かわめ》となんと合っていることだろう。姫君はあの目とお声に、まず驚くに違いない。

それにしても、と徳子は考える。自分の出家はいつかなうのだろうか。夫を失った妻は、髪をおろすことが多い。悲しみが深ければ、もっと早く仏の道へと向かうのだ。

皇子のご養育のこともあるので、当然、在家の出家ということになるが、形だけでも得度《とくど》を早くしたいものだ。しかし両親からは、

「あなたはまだ若く、皇子は幼くていらっしゃる。寺に入らないまでも、髪を短くされては、帝がお悲しみになるだろう。もう少しお待ちください」

と、止められている。

が、それは怖ろしい企《たくら》みの始まりであった。その言葉を聞いた時、徳子はしばらく意味がわからず、首をかしげたままであった。

「建礼門院《けんれいもんいん》さまには、法皇さまのもとに行っていただきたい」

「それはどういうことなのですか」

「再び嫁《か》していただきたい、ということでございます」

「なんということを」

体中が震えだした。

「ついこのあいだも、厳島の姫が行かれたばかりではないか」

「厳島の姫は、父、清盛殿が、厳島神社の巫女に産ませたお方。身分が卑《いや》しいと、法皇さまはご不満のようでございます」

「それで私に行けと言うのですか」

御簾の向こう側の影が、いっせいに頷く。誰かはわかっている。三人の兄たち。一族の要であった長兄重盛《しげもり》が亡くなってから、彼らを含めた五人が、平家を動かしている。

宗盛、知盛《ともも り》、重衡《しげひら》という母を同じくする三人の兄と経盛《つねもり》、教盛《のりもり》という叔父たち。御簾を隔てるようになる前は、六波羅《ろくはら》の庭でとんぼ取りを一緒にした。その兄たちが、自分に権力者の女になれと迫っている。

「あなた方は、私に藤原多子《ふじわらのたし》さまとおなじようにせよと言うのか……」

声が震えている。近衛《このえ》帝の皇后であった多子さまは、夫を失ってから実家に退《さ》がっていたが、その美貌を聞きつけた二条帝《にじょう》が入内を迫ったのである。多子さまはもちろん拒絶したし、側近たちも反対した。しかし二条帝はご自分の意志を通された。

「二夫《にふ》にまみえるとはなんとあさましいこと。早く出家すればよかったものを」

という多子さまの嘆きはあまりにも有名である。

「私はまいりませんよ」

徳子は声をはなった。

「多子さまのようにはなりません」

男たちの影が揺れる。顔を見合わせているのだ。

「しかし女院《にょういん》＊さまのお力なくしては、私たち平家一門は後白河院とさらにむずかしいことになってしまいます」

「私はもう役目を果たしました」

この言葉は兄たちの向こうにいる、父、清盛に対して発している。

「帝にお仕えし、帝の御子をお産み申し上げた。これ以上私に何をお望みなのか」

自害しようとまで思いつめたが、あの話がすぐに立ち消えになったのは、もはや徳子によってはどうにもならぬほど、平家と後白河法皇との関係が悪化したからだ。そして徳子たちは法皇によって滅ぼされようとしている。兄たちも死ぬだろう。それはもう仕方ない。男たちが起こした戦なのだ。

この世の最後に、どうしてあの嫌らしいものを思い起こしたのか。御簾の向こうの三つの影、兄たち、男たち……。


その時だ。

徳子の体はいっきに海中を上がっていく。ぐんぐんと。ぐんぐんと。

そしてやや翳《かげ》りを持ったまぶしい陽《ひ》の光を見た。海の中でどのくらいの時間がたったのであろうか。舟の上には一時静寂があった。まるで違う世界があった。やがて髪の根元に強い痛みを感じる。

なんと髪を熊手にかけられ、引き上げられたのだ。徳子はぶはぁーっと、口から海水を吐き出した。なんと見苦しいさま。魚のように口がぱくぱくしている。

「かかった、かかった」

雑兵《ぞうひょう》たちなのは、身につけているものでわかる。強い東訛《あずまなま》りではやしたてる。

「また、かかった。今度は上玉だ」

「手をお放しなさい!」

同じ舟の中から、女のかん高い声。

「女院さまです」

「女院さまでいらっしゃる」

近くの舟からいっせいに、女たちの声が聞こえた。それはまるで唱和するかのようだ。

「女院さまです」

「女院さまから手を放しなさい」

いっせいに舟のあちこちであがる女たちの声は、徳子の恐怖をなだめるかのようであった。

雑兵二人はあわてて舟底に平伏する。

「女たちをここに集めなさい」

徳子はすっくと立ち上がった。

五、二位尼時子

たそがれが来る前に、戦《いくさ》は終わった。

白旗を掲げた源氏の船は、あちら岸に引き揚げていく。たくさんの死人を乗せて。

乗せる価値のない雑兵《ぞうひょう》や漕《こ》ぎ手の死体は、海に無造作に捨てられていった。

どぶん、どぶんという音は、東の海岸で見物する者たちの耳にも届く。五十人ほどの人々がそこに集まり、朝から平家と源氏の戦いを眺めていたのだった。

壇《だん》ノ浦《うら》は狭い海峡である。そこで先ほどまで、多くの船が入り乱れ、戦いが繰り拡《ひろ》げられていたのだ。最初は流れ矢でも飛んできはしないかと、おそるおそる岩の陰から見ていた者たちも、ここまでは飛んでこないとわかると、浜まで出ていったのである。

女の悲鳴も泣き声も、そして戦う男たちの名乗りも、はっきりとここまで聞こえてきた。今、ここで見たことはとても現実とは思えない。

最初はにぎやかな掛け声をかけていた者たちであるが、次第にしんとしていく。身を投げる人たちの水音を聞き、そして今、死体を投げ込む音を聞いた。

「南無阿弥陀仏……南無阿弥陀仏……」

やがて一人が手を合わせ始め、他の人々も唱した。ひときわ明瞭な声が混じるのは、中年の僧侶がいたからである。

ひととおり唱えると彼は、まわりの者たちにこう言い聞かせた。

「平家一門の、まことにむごたらしいご最期であったが、これも天罰というものであろう。東*大寺、興福寺を焼いた悪行の報いとして、平家ご一門は滅びたのだ」

「そうかもしれぬが……」

みすぼらしい直垂《ひたたれ》を着た男が、ためらいがちに続けた。

「みなも見ていたことであろう。まだいとけないお子を抱いた尼御前《あまごぜ》が海に入られた。あわれな……」

「前《さき》の帝《みかど》と二位尼《にいのあま》御前に違いない」

「そうか、やはり先帝であられたか」

まわりの者たちはざわめく。遠い遠い都というところの、内裏《だいり》の御簾《みす》のあちら側に、帝はおられる。その姿を見る者はめったにいない。その帝が、先ほど自分たちの目の前で、海に入っていかれたのだ。

僧は首を横に振る。

「なんとおいたわしいことであろう。いくら祖父にあたる相国殿《しょうこく》が悪事を働いたといっても、孫であられるということだけで、帝が自ら命を絶たれるとは……」

僧の述懐を、男は最後まで言わせなかった。

「何を言うのだ。帝は自ら海に入られたわけではない。尼御前がお抱き申して海に飛び込んだのだ。あれは尼御前が殺《あや》めたのではないか」

そうだ、そうだとまわりの者たちも同調する。

「まことに怖《おそ》ろしいことだ。いくら孫といっても、自分の死の道づれになさるとは」

「それが仏門に入った方が、なさることだろうか」

その時だ。女の大きな泣き声が聞こえてきた。先ほどから数珠《じゅず》を持って、祈り続けていた女だ。

「尼御前には深いお心があってされたことだ。考えに考え抜かれたことであろう。あのお方のなさることに、千にひとつの間違いもないのだ」

人々がそこで黙ってしまったのは、女の気迫と、その身なりのせいである。市女笠《いちめがさ》*をかぶり、上着は凝った綾織りである。笠に隠れて顔はよく見えないが、声の調子でかなり年をとっていることがわかる。

「お婆《ばば》さまは、尼御前を知っているのか」

「知っているも何も。あの方が時子《ときこ》さまと呼ばれたお若い頃からずっとお仕《つか》え申していた。しかし、平家ご一門が都を落ちる時、私は年だからといって、一緒に行くことがかなわなんだのだ」

「それでは、もしかすると、お婆さまも尼御前と一緒にあの舟に乗っていたかもしれぬな」

男がやや茶化《ちゃか》すように問うと、女は厳しい声で制した。

「いや、わしは舟には乗らぬ。舟などという怖いものに乗ったことはない。わしは舟遊びひとつしなかった。それなのに尼御前さまが、この壇ノ浦で海に乗り出されたのは、なんという強い御心だったのか……」

そこで女は再び祈り始めた。

「お婆さま……」

漁師の妻らしい、陽《ひ》に灼《や》けた女がためらいながら声をかける。

「どうか尼御前のことを話しておくれではないか。ご供養《くよう》だと思って」

「そうじゃ、そうじゃ。帝の祖母となられたお方が、どうしてこのように亡くなられたのか、話してくれぬか」

僧の言葉に、老婆はそうじゃなぁと、ゆっくりと数珠を動かし始めた。

「今日、この浜に集まった方々も、このままでは帰れないことであろう。この国でいちばん貴い女性《にょしょう》と、その次に貴い女性とが海に自らお入りになったのだ。いちばん貴い女性は、どうやら助けられたご様子だが、亡くなるよりもっとつらい日々が待っていることであろう。二番めに貴い女性のことを、みなさま、聞きたいか」

聞きたい、とすべての者が口を揃えて答えた。

「それでは語ることで、尼御前をあの世へと送りとどけましょうぞ」

清盛《きよもり》さまのご出世の話は、みなさまよくご存知であろう。この国の六十六の領地のうち、半分はあの方のものであった。また宋《そう》との貿易でどれほどの富があったかはかりしれない。

が、清盛さまのお父上の忠盛《ただもり》さまの頃までは、ただの武士だった。もとはといえば、桓武《かんむ》天皇の皇子、葛原《かずらはら》親王のお子であられる高見王《たかみのおう》が祖となられるが、ご子孫は平《たいら》と姓を賜《たまわ》り、皇族を離れたのだ。その後は六代にわたり各地の受領《ずりょう》を転々とされた。宮中での昇殿《しょうでん》も許されないほどの身分といったらおわかりだろう。貴族の方々の下に見られ、邪険《じゃけん》に扱われていたのだが、いつしか忠盛《ただもり》さまは、鳥羽《とば》上皇からご寵愛《ちょうあい》を受けるようになった。但馬守《たじまのかみ》に任ぜられるどころか、内裏に昇ることまでお許しになったのだから驚くではないか。

これには貴族の方々が大層嫉《ねた》まれ、お怒りになり、忠盛さまを闇討ちにかけようということになった。

このことをこっそり教えてくださったのが、平時信《たいらのときのぶ》さまという方。時信さまのお家柄も、桓武平氏の流れを汲《く》むが、こちらは昇殿も許された文官だった。鳥羽上皇の信頼も厚く、文書や伝言を直接奏上する役を持っていた。

この時信さまが、忠盛さまにすっかり同情され、闇討ちのことを伝えられた。

忠盛さまは本当に感謝され、ご自分の長男、清盛さまへと時信さまの娘を願われた。これが時子さまなのだ。ありていに言えば、時子さまのお家の方が、ずっと格が上だったのだ。

人の運命というのは、本当にわからない。もしこの縁がなければ、時子さまは中どころの公《く》卿《ぎょう》の奥方として、今も都で平穏にお過ごしだったろう。

が、時子さまは清盛さまに嫁がれたことでこの世のありとあらゆる栄華を味わい、帝の祖母にもなられたのだ。が、先ほど海の千尋《ちひろ》の下に沈まれた。おいたわしいことではあるが、時子さまの胸のうちは、とうにお覚悟が出来ていたに違いない。先帝のことはご無念だったろうが、もうこれでおみ足を傷つけながら山道を歩くことも、海に漂うこともなくなったのだから。

今、尼御前は先帝だけでもなんとか極楽にお連れ申そうと、手をひかれて黄泉路《よみじ》へと向かわれていることであろう。

さて清盛さまとのご結婚であるが、これは先に申したように忠盛さまがお進めになった。時子さまは聡明で、女ながらに漢詩を詠《よ》むようなお方。母上と早くにお別れになり、新しい母上とお過ごしになっていたのだから、お心遣いなさることもひととおりではない。しかしまことに失礼ながら、ご器量は平凡と申し上げてもいいだろう。

しかし忠盛さまは、

「武士の棟梁《とうりょう》の妻は、頭と気だてがいちばんだ。美しい女は愛妾《あいしょう》にすればいいのだから」

とおっしゃったという。

ご自分の奥方で懲りていたのかもしれぬ。忠盛さまの最初の奥方にはいろいろな説があるが、白河《しらかわ》上皇の愛妾を賜った、というのが正しいはず。この方は美貌であったが派手好きで、自分のことばかりにかまけていたという。

お父上の忠告を聞いたのかどうかはわからぬが、清盛さまは時子さまを妻にした後、たくさんの女を手にお入れになった。身分の高い方が、北の方以外に愛妾を持たれるのは当然のこと。

そのことを咎《とが》める者はおりますまい。

しかし敵方の大将の思い人を、ご自分のものにされるというのは、やはり無体なことだろう。平治《へいじ》の乱の後、敗れた源氏の棟梁、源《みなもとのよしとも》義朝さまのいちの愛妾、常盤《ときわ》さまが、六波羅《ろくはら》の庭にひき出された時の騒ぎといったらない。

天下一の美女と噂《うわさ》の高い常盤さまをひと目見ようと、平家の郎等《ろうどう》たちが集まってきたのだ。男たちの好奇の目にさらされて、どれほどおつらかっただろうか。が、常盤さまは乳飲み子を胸に抱き、二人のお子を連れて凜《りん》としていらした。その時の美しさというのは、私の目にもしっかりと焼きついている。

「なんという哀れなことであろうか。もし平家が負ければ、あれが私の姿だったかもしれぬ」

御簾《みす》ごしにご覧になっていた時子さまが、お袖で涙をぬぐわれたことも私は知っている。

そもそも常盤さまは、ずっと身を隠し、どんなことがあっても義朝さまの忘れ形見を守ろうとされていたのだ。それなのに清盛さまは、常盤さまの母上を捕らえた。そして、

「期日までに娘が現れなければ、この者の首を刎《は》ねる」

とおっしゃった。それゆえに常盤さまは、自ら六波羅に現れたのだ。

そんな常盤さまを、清盛さまはご自分の愛妾にされ、子まで産ませたのだ。

常盤さまは血の涙を流しながら、清盛さまの褥《しとね》に向かわれたのだろう。

ご覧、先ほど引き揚げた源氏の船は、もうすっかり向こう岸に着いた。あちら側にいる源氏の大将、源《みなもとのよしつね》義経さまは、この時常盤さまが抱かれていた乳飲み子なのだ。父を殺され、母を

奪われた恨みは、大人になっても決して消えることはない。

そして常盤さまもおつらかったが、時子さまも同じだった。自分の夫がこれほど破廉恥《はれんち》なことをして、穏やかでいられる妻がいるだろうか。

男の方は、富と権力を手に入れると、時々こうして自分を試したくなる。女性を使って。どれほどむごいことが出来るか、どれほど許されるかを。

お諫《いさ》め申し上げることが出来るのは、もはや時子さまだけだ。が、時は既に遅かった。清盛さまは絶大な権力を手に入れかけていた。そして時子さまの弟君をはじめ、お身内の多くの方が、平家の一門についたのだ。そして清盛さまから手厚くしていただいている。

そんな時子さまが、どうして本当の言葉を口に出来たであろうか。

時子さまはもう清盛さまに、ご意見をおっしゃらないようになった。中納言から大納言に進まれた清盛さまは、当然のことながら誰の言葉にもお耳をお貸しにならない。唯一、例外だったのが、ご長男重盛《しげもり》さまからのご忠告であった。

が、この方は時子さまのお子ではない。清盛さまの最初の奥方のお子である。重盛さまは知《ち》者《しゃ》と評判の方で、時子さまにも親子の礼を忘れない。が、時子さまはこの方があまりお好きではなかった。

「学問ばかりされているから、なんとも融通のきかないお方だ」

と私におっしゃったことがある。

とはいうものの、時子さまは継子《ままこ》をいじめるような方ではない。清盛さまが外《ほか》の女に産ませた子もほとんどお手元にお引き取りになったのだ。男ならば早い時期から弓矢を習わせ、平家一門に役立つ者に育てた。女ならばひととおりの躾《しつけ》をほどこした後、しかるべき貴族に嫁がせた。

清盛さまはよくおっしゃっていたという。

「時子は六波羅の隠れた大将だ。戦もせずに一門をまとめてくれる」

が、そんな世辞《せじ》を言ってもらったとて時子さまは嬉しくはない。清盛さまは、次々と愛しい女を手にお入れになる。武士の棟梁の妻ならば嫉妬というものは絶対にしてはならぬと、ずっと時子さまは言いきかせていらした。すべてのことは、自分だけの胸におさめておく、ということを最後まで貫かれた時子さまは、なんとご立派なことだったろう。

平家の方々がどれほどご出世されたか、どれほどの栄華の時を過ごされたかは、ここにおられるみなさまもご存知であろう。

時子さまの弟君、時忠《ときただ》さまは、

「平家でなければ人ではない」

と言いはなったとか。

ご子息、孫の方々は、見た目も大層麗しく、みな花のように美しい妻をもらった。

今でも目に浮かぶ。新年の祝賀、花見、歌会……平家の公達《きんだち》が威儀《いぎ》を正して並ぶさまの見事だったこと。その方々が、みな敬い大切になさっていたのが、二位尼御前、時子さまなのだ。

平家の繁栄をおつくりになったのは、もちろん清盛さまであるが、時子さまのお力を忘れてはならない。

いちばんのお手柄は、ご息女を入内《じゅだい》させ、皇子をお産ませになったことであろう。

四年前に崩御《ほうぎょ》された高倉《たかくら》天皇は、時子さまの妹君、滋子《しげこ》さまの皇子だ。時子さまと滋子さまとは母親が違っていたが、とても仲のよい姉妹であった。

といっても、後白河《ごしらかわ》院の御寵愛を受け、女御《にょうご》となられる頃には、時子さまは滋子さまに対し臣下の礼をお取りになっていた。

滋子さまも、この姉を頼りになさる。

後白河院と二条《にじょう》天皇は、親子でありながら権力の座をめぐって激しく対立されていらした。滋子さまはせっかく皇子をお産みになったのに、その行末がわからない。陰で立太子《りったいし》を狙っているとされ、滋子さまのまわりの者は罪を背負わされる。

そんな中、時子さまの存在はどれほど大きかったことか。時子さまは二条天皇の乳母《めのと》でいらしたのだ。よって滋子さまのお立場もぐっと楽なものになった。

どれほど運のお強いご姉妹だったのか。あのままでいけば、滋子さまも時子さまも清盛さまも、お二人の争いに巻き込まれたはずであるが、二条天皇は、二十三歳の若さであっけなく崩御されたのだ。

滋子さまがお産み申した憲仁《のりひと》親王が後の高倉天皇でいらっしゃるが、まだ乳飲み子の頃から、

「いつかは」

とご姉妹の間でお約束が出来ていたのだ。

しばらくしてから清盛さまが、

「それは出来るのか」

とお聞きになった時、

「出来ます」

ときっぱりと時子さまはお答えになった。

二人の間に生まれた娘を高倉天皇の后《きさき》にすることは、やがて夫妻の大きな願いとなっていったのだ。

若い公達と違い、愛妾もあまたいらっしゃる清盛さまと時子さまとが、常に仲よく睦《むつ》み合っていらしたわけではない。しかし入内された徳子《とくこ》と名づけられたご息女が、皇子を出産されるまでは二人で心をひとつにされていた。

皇子出産こそが、平家一門の栄華を極める、ただひとつの道だとおわかりになったからに違いない。

高倉天皇が、年上の徳子さまのところへお渡りがないと聞くと、清盛さまは他の愛妾たちを迫害することにやっきとなった。しかし時子さまは違う。どうやったら帝のお心がこちらに向かうようになるのか、心こまやかに徳子さまにお話しされるのだ。

昔は百合姫《ゆりひめ》とお呼びしていたものだが、入内されるにあたって名を変えた徳子さまは、平家のいちの姫君として、大切に大切に育てられた。そのため才気や機智というものはあまりお持ちにならず、ただおっとりとしていらっしゃる。もっとも才気などというものは、仕える女房が持っていればよいもので、かしずかれる側の高貴な方には必要ない。が、徳子さまは、ご自分からあまりものをおっしゃらず、相手を楽しませるすべをお持ちにならなかった。これは本人が望む前に、すべてを与えられたお身の上によるものだろう。

とにかく徳子さまがご懐妊された時の、清盛さまと時子さまの喜びは尋常ではない。しかしご出産までの道のりは長かった。生霊、死霊が大勢現れて、徳子さまを苦しめたのだ。清盛さまへのお恨みが、いちどきに噴出したものとみえる。

お産で亡くなる方は珍しくない。ましてや高貴な方は、お体も弱くきゃしゃでいらっしゃる。八十人の僧以外にも後白河法皇が自ら祈られて、徳子さまは無事皇子をご出産された。この報《しらせ》を重衡《しげひら》さまからお聞きになったご夫妻は、手を取り合って号泣されたという。これですべての願いはかなったと思いきや、平家のご運はいっきに落下していくのだから、人の世とはなんと皮肉なものであろう。

まずご長男の重盛さまがお亡くなりになった。平家きっての知恵者とも、人格者とも言われた重盛さまを、清盛さまはどれほど頼りにしていたことだろう。

重盛さまは熊野に参拝され、ご自分の命とひきかえに平家の繁栄と、清盛さまのご改心を祈ったと言われる。そして宋《そう》の名医の治療も拒否し、皇子ご誕生の次の年にみまかられた。四十三歳というご寿命だった。

大切なご長男を亡くされた清盛さまは、タガがはずれたようだった。後白河法皇に軍をさし向け、法皇を鳥羽《とば》の離宮に押し込めるという暴挙をなさった。

そしてその後、強引に徳子さまが産みたもうた皇子を即位させた。それが先ほど海に入られた先帝でいらっしゃる。なんという怖ろしい話だろうか。今日、壇ノ浦でご一門が滅びたことも、すべてその時からつながっているのだ。そして時子さまも、もう動き始めたものを止めることは出来なかった。

あの都落ちのあわただしさ、理不尽さはよく知られているが、壇ノ浦の戦いの五年前にも同じことがあったのだ。

清盛さまが突然福原《ふくはら》遷都をされ、多くの方々はとるものもとりあえず京を出た。あの時の騒ぎといったらない。人々は家財をまとめるひまもなく、着の身着のままで行幸《ぎょうこう》に従ったのだ。この時清盛さまへのお恨みは頂点に達したといってもいい。

「何をそれほど焦って、怖れておいでなのですか」

時子さまはお尋ねになった。

「伊豆の頼朝《よりとも》殿が挙兵なさったといってもたいしたことになりますまい。これからは静かに帝のご成長を見守ることだけに専念いたしましょう」

すると清盛さまはおっしゃった。

「福原に移ってから奇怪なことばかり起こるのをあなたも知っていよう。ある時は私が寝ているところに、巨大な顔が出てきてこちらを覗《のぞ》き込んだのだ。こちらが睨《にら》みつけたら消えてしまったが。またある時は、朝起きたら、中庭に髑髏《しゃれこうべ》が山と積まれているのを見た。どうやら私は近いうちに、地獄に落ちるらしい」

「なんということをおっしゃるのですか」

実は時子さまも、怖ろしい夢をご覧になっている。火の玉のようになっている車が、門の中に入ってきた。前後に立っている者は、馬のようにも牛のようにも見える奇妙な顔をしていた。車の前には「無」という文字を書いた鉄の札があった。

時子さまは聞かれた。

「この車はいったいどこから来たのですか」

すると馬のような顔の男は、

「閻魔《えんま》の庁から、平家太政入道《だいじょうにゅうどう》殿のお迎えにまいりました」

と答えたのだ。

「人の世にある金銅十六丈《こんどうじゅうろくじょう》の仏を焼き滅ぼした罪によって、無間地獄《むけんじごく》の底に落ちられるところ、閻魔の庁が、まだ〝無間〟の〝無〟としか書かないので、実行出来ないのです」

もちろん時子さまはこのことは誰にも話さない。ただ霊験あらたかな仏寺、神社にたくさんの財宝を奉納し、原因不明の熱病まで患われた清盛さまの全快をお祈りになった。しかし清盛さまの症状は悪くなるばかりだ。

昼も夜も、平家の主だった方々が枕元に集まっていたのに、その夜はどういうわけか、時子さまがお一人だった。夫婦が二人きりになるというのは何年ぶり、いや、何十年ぶりのことであったろうか。清盛さまのまわりにはたえず裁定《さいてい》を仰ぐ誰かがいたし、夜は愛妾が必ず傍《かたわ》らにいた。

そして福原に清盛さまがお移りになっている時に、京の六波羅を守っていらしたのは時子さまであった。時子さまの存在が、京に残っていた者をどれほど元気づけていたことか。

病み衰えた清盛さまの寝顔を見て、時子さまは泣かれた。豪放でいつも活気に満ちていた夫が、今はすっかり老い、そして窶《やつ》れきっていた。息子たちの誰一人として、この方の代わりになる者はいない、と時子さまは思われた。孫の中には、これはと思われる者がいたが、いかんせん若過ぎる。もしこの方に亡くなられたら、平家はどうなるのだろうか……と、時子さまは暗澹《あんたん》たるお気持ちになられたに違いない。

その時、清盛さまが目を覚まされ、とても苦し気にこのようなことを言われた。

「自分はたびたび朝敵を討ちとらえ、身に余るほどの名誉をいただいた。そして畏《おそ》れ多くも帝の祖父となり、太政大臣にもなった。私の現世での願いはすべてかなった。が、思い残すことがひとつだけある。それは伊豆国の流人《るにん》、源頼朝の首を見なかったことだ。私が死んだ後は、仏堂や塔を建てるな。供養もしてはならぬ。ただ頼朝の首を私の墓に供えてほしい。それが何よりの供養だ」

あまりの怖ろしい口調に、時子さまはこの遺言を自分一人の胸に匿《しま》っておいた。まさか清盛さまの供養をしないわけにはいかなかったからだ。

そして二日後、清盛さまは苦しみ抜いて亡くなった。おそらく熱病だということだ。お体を冷やそうと、水をたたえた石の浴槽に入れたところ、水がたちまち熱湯になった、という話もあるけれど、これは噂だろう。高い熱が出て、苦しみのたうちまわったのだ。これは異国からもたらされた熱の病いに違いない。清盛さまは宋とも貿易を大々的になさっていたので、かの国の者ともお会いになった。そこから見たこともない病いにかかられたのだ。

しかしご最期のすさまじさに、まわりの者たちは、

「早くも地獄に落ちられた」

と噂をし、それが世間に漏れ、いつのまにか「平家終焉《しゅうえん》」というささやきになっていったのだ。

時子さまはこのご遺言を、供養が終わってから一門の方々にお伝えになった。天下人と言われた清盛さまの無念のお心に、涙しない方はいない。中でもいちばん激しく泣かれたのが、四男の本三位《ほんざんみ》中将の重衡さまであった。

重衡さまは時子さまの秘蔵っ子だ。平家の方なので美男子はあたり前であるが、その自由闊《かっ》達《たつ》なご気性で、大層人気があられた。

内裏でもあの方がいらっしゃると、あたりがぱぁーっと明るくなる。女房たちによく冗談をおっしゃったが、それは色めいたものではなく、あたりに笑いをもたらすようなものだったのだ。

実は時子さまは、宗盛《むねもり》さまや知盛《とももり》さまではなく、この方に平家の命運を託そうとされた。しかし一の谷の合戦で捕らえられ、捕虜となってしまった。

都落ちをされた時、平家の方々は三種《さんしゅ》の神器《じんぎ》をお持ちになった。三種の神器というのは草《くさ》

薙剣《なぎのつるぎ》、八咫鏡《やたのかがみ》、そして八尺瓊勾玉《やさかにのまがたま》だ。これがないと正式の帝とは神が認めない。後白河法皇と源氏方が、どうしても手に入れたかったものだ。

後白河法皇は、亡き高倉天皇の皇子を強引に次の帝とされたが、この三種の神器をお持ちにならなければ、正式な儀式も出来ない。

重衡さまは、この三種の神器とひきかえに、平家一門を安全に京の地に戻すことを願ったのだ。しかし頼朝さまがお聞き入れになるはずがない。首を刎ねられるすんでのところで許され、ずっと流人として苦労された頼朝さまは、猜疑心《さいぎしん》の権化《ごんげ》のようなお方。そのようなことはまるで信じていなかった。

そして重衡さまのお命が惜しければ、三種の神器を差し出せと言った。

時子さまのお胸のうちはいかがだったのだろうか。やがて重衡さまからの手紙が届く。そこには、

「もはや現世でお目にかかろうとは思えません」

と書かれていた。

一門の主だった方々が集まり、話し合われたのであるが、結局三種の神器はお返ししないことになったのは、いたしかたないことであったろう。すると陰で聞いておられた時子さまが、襖《ふすま》をさっと開いて出ていらした。そして一同の前で泣き崩れた。時子さまのこのように取り乱した姿を見たことがない一同は、みな驚いて目を見張る。

「重衡殿が、都から寄こした手紙のいたわしいこと。どうか神器をお返しして、重衡殿の命を

救っておくれ」

するとと弟の時忠さまが言われた。

「我々が今供奉《ぐぶ》*し、お連れ申している帝こそが、正統な帝。それも三種の神器があってこそでございます。二位尼君は、わが子可愛さに、他のお子や一族の者たちを見捨てようとなさるのか」

時子さまはその夜、泣きながら重衡さまにお返事を書かれた。血がにじむようなお手紙を。

「母ももうじきあなたのあとを追ってあの世にまいります。が、その前に帝とわが一族を鬼となって守りましょうぞ。どうせあちらでは、無間地獄に落ちることは決まっているのだから」

そして次の日から、時子さまは鬼になられた。無情になられたということではない。このうえなく強く、激しくなられたのだ。

再び逃避行が始まった。一杯の水にも餓《う》える船旅だ。公達の奥方や、上臈《じょうろう》*たちの中には泣き出す者もいる。

そうした時、時子さまは大きな声で叱《しか》りつけた。

「これしきのことが耐えられないのですか。女性《にょしょう》は弓矢を持たない代わりに、耐えてみなをお支えすることが戦《いくさ》なのですよ」

時子さまの力強い言葉に、人々、特に女たちはどれほど励まされただろうか。

そして明日は壇ノ浦に舟を出すという夜、時子さまはみなの者をお集めになった。浜辺の仮屋ということで、お姿を隔てる御簾もない。傍らに阿波局《あわのつぼね》*とともに帝がいらしたが、その整ったお顔立ちは、二十三夜の月のもと、ぼんやりと浮かんで見えた。

還暦近い時子さまは、さまざまな労苦で背が少し曲がっていらしたが、その時はしゃんとお立ちになった。声にも張りがある。

「相国さまのおかげで、この世の栄華を誇ったわれら一門も、ついにここまできてしまった。しかし望みはある。我ら平家は、海上での戦は得意とするところ。最後の最後まで諦《あきら》めてはなりません。相国さまは私におっしゃった。頼朝の首を討ちとって私の供養にしろと。命を救ってもらったにもかかわらず、謀反《むほん》を起こした頼朝は忘恩《ぼうおん》の徒。必ずや地獄に落ちましょう。が、その前に、あちら側の大将、義経の首をとらねばならぬ。義経とて、亡き相国さまに命を救っていただいた者なのです」

時子さまの胸に、あの時の常盤さまの姿が浮かんだのかどうかは定かではない。義経の母は、わが夫を奪ったのだとお恨みはなかったのか。

「もし願いがかなわなければ、いさぎよく死にましょうぞ。海に入る手順は、後で女たちに教えることにしよう。決して生き残ってはなりません。地獄を見ることになる」

その時、上座の建礼門院《けんれいもんいん》さまが目を伏せられたのを私は見た。あれはまだこの世に執着を持たれる人の目だ。時子さまとはまるで違う。地獄をしんから怖れ、行きたくないと必死で願う人の目だった。


ほらご覧なさい。船がすっかりあちら岸に着いた。

真の地獄に落ちていった人たちと、この世の地獄に向かっていく人たちと、はっきり二手に分かれましたぞ。

「南無阿弥陀仏……南無阿弥陀仏……」

人々は向こう岸に目を凝らしたが、もはやたそがれは過ぎ、薄い闇の中に白い旗と船の形が見えるだけだ。

そして振り返った時、老婆の姿はそこにはなかった。

六、後白河法皇

一

壇《だん》ノ浦《うら》の戦いで、平家のほとんどが海の底に沈んだという報《しらせ》が入った時、後白河《ごしらかわ》法皇がまず口にしたのは、

「仕方がない」

であった。

「このことはずっと前からわかっていたことではないか」

富士川《ふじがわ》の戦いで、平家はみっともない負け方をし、一の谷でも多くの公達《きんだち》を失った。揚句は、西の果ての海に追い詰められていったのだ。

「先に死んだ清盛《きよもり》は幸いというものであったろう」

という法皇の言葉に、まわりの近臣たちも頷《うなず》いた。しかしその直後、法皇の怒りは爆発する。孫の先帝《せんてい》*が死に、三種《さんしゅ》の神器《じんぎ》を見つけ出せないというのだ。

「先帝は必ずお救い申し上げろ、とあれほど言ったではないか」

「まことに申しわけございません。先帝は、二位尼《にいのあま》がお抱き申し上げ、そのまま海に飛び込んだのでございます。すぐにお救い申し上げようとしたのですが、なにぶん潮の流れが速うござ

いまして」

「清盛ふぜいの妻が、先帝を死なせるとはなんという不遜なことであろう」

人々は驚く。後白河法皇が、

「清盛ふぜい」などという言葉を吐くとは思ってもみなかったのだ。

清盛は長く、権力の座にあった人物である。*娘は帝《みかど》に入内《じゅだい》し、皇子を産んだ。その皇子が即位された時、清盛は帝の外祖父というこれ以上ないほどの地位を手に入れたのである。しかし後白河法皇ははっきりと言った。

「清盛ふぜいが」

と。

しかも近臣たちがさらに驚愕《きょうがく》したのは、法皇がその日、経ひとつ唱えるのではなく、今様《いまよう》の上手な者を呼び、小さな宴を開いたことだ。

舞へ舞へ蝸牛《かたつぶり》
舞はぬものならば
馬《むま》の子や牛の子に蹴《く》ゑさせてん
踏み破《わ》らせてん
実《まこと》に美しく舞うたらば
華《はな》の園《その》まで遊ばせん

法皇は声の限りに歌う。この今様という歌謡の魔力にとりつかれたのは十歳の頃であった。以来、下々の者までが楽しむこの歌を、それこそ生涯をかけて愛してきた。

今様で歌われるのは神仏への崇敬だけではない。思いついた出来ごとや世相を節をつけて歌う。独得の節まわしがあり、それは宮廷で聞く雅楽とは全く違うものであった。若い娘はのびやかに高い声で日々の暮らしを歌い、年寄りは渋い声で人生の哀歓を歌う。昔から伝わる田植歌もあれば、極楽への憧れを激しく歌うものもある。

これにとりつかれてから、朝も夜も歌った。あまりにも声を出し過ぎて、喉から血が出たことも三度ある。

若い頃はこっそり宮廷を抜け出し、祭りをのぞいたことさえあったほどだ。やがてそんなことをしなくても、巷《ちまた》の者たちを呼び出せばいい、ということに気づいた。名もない僧侶、遊女、白拍子《しらびょうし》たちが側《そば》近くに侍《はべ》り、毎晩のように今様の技を競ったのである。

このようなことが許されたのは、後白河法皇が第四皇子で、帝になることなど誰も考えていなかったからだ。

法皇が生まれた時には、既に兄の崇徳《すとく》天皇が帝であった。この崇徳天皇と、父鳥羽《とば》院との確執は長く続き、戦乱を起こすこととなるのである。

もとはといえば、母璋子《しょうし》の淫蕩《いんとう》によるものだ。璋子は美少女の誉れ高く、白河《しらかわ》院の養女となって異様な寵愛《ちょうあい》を受けるようになった。幼い頃から一緒の床で寝て、ごくごく自然に男女の仲になっていくのである。

やがて御子が生まれたが、それが白河院の子どもだというのは、誰の目にもあきらかであった。鳥羽院は吐き捨てるように「おじ子」と言った。「叔父であるわが息子」という意味である。

そして八年後に、雅仁《まさひと》親王、後の後白河法皇が生まれた。この頃、白河院はもはや老いさらばえていたから、法皇は間違いなく鳥羽院の子どもである。が、そうだといって、父に格別に愛された憶《おぼ》えもない。父は不義を働き続けた女の子どもなど、全く関心がなかったのである。

帝位に就くことのない第四皇子などというのは、出家するか、邪魔にならぬように宮廷の中にいて、和歌を詠むしかない。法皇の場合、それが今様だったのだ。

卑しい者たちを集め、声を張り上げ、時には舞う法皇に、宮中の者たちは顔をしかめた。唯一理解を示してくれたのは、母の璋子だけであった。

世間では、法皇が今様を好んだ初めての貴顕《きけん》と言われているがそうではない。実は母の璋子が、この流行《はや》りの歌を大層気に入っていたのである。璋子はなんと、息子よりもずっと早く、遊女を宮中に呼び寄せていたのだ。神崎《かんざき》＊の遊女かねは、名手という評判であった。後白河法皇は毎晩のように彼女の歌を聞いた。

すると璋子からこのような手紙がきた。

「そちらばかりに呼ぶのは困ります。私も毎日聞きたいのですもの。時々はこちらにもかねを寄こしてくれませんか」

それで一晩おきに、かねに、璋子と自分のところに来てもらうことにした。

しかしそれでは物足りない。かねが璋子のところへ行く時は人をやって、夜明け頃に自分のところに来させた。

明け方にかねを下がらせても、法皇の興奮はさめない。朝になっても部屋から鼓《つづみ》の音がやまないので、

「いったいいつおやすみになるのでしょうか」

とかねも呆《あき》れていた。それほど若き日の後白河法皇は、今様にのめり込んでいたのだ。

そして今様への偏愛は、母への思慕と結びついていることを、法皇自身もわかっていた。

息子であるから、その姿を知っている。白い肌を持つ美しい母であった。やさしく甘い声で笑う。しかしあの頃の母は苦悩の中にあった。夫の鳥羽院に寵姫《ちょうき》が出来、かつての復讐《ふくしゅう》のように妻を邪慳《じゃけん》にしたのである。

十九歳で母璋子が亡くなった時は、どれほど悲しかったことであろうか。喪に服していると兄の崇徳院から声がかかった。自分の御殿で一緒に暮らそうというのである。今まで兄とも親しんだ憶えがない法皇は大層驚いた。

今考えれば、崇徳院も深い孤独と懊悩《おうのう》の中にいたに違いない。父鳥羽院にうとまれ、早々《はやばや》と退位させられていたのである。

そして次に四歳で帝位に就いた弟の近衛《このえ》天皇が、わずか十七歳で亡くなった時、宮中の混乱は始まった。

近衛天皇に子どもがいなかったので、崇徳院の第一皇子が継ぐべきであるが、それを阻止し

たのはまたもや鳥羽院である。「おじ子」の血が帝になることが許せなかったのだ。

鳥羽院が強く推すのは、孫にあたる守仁《もりひと》親王である。権力からは離れた場所にいたため、仁和寺《にんなじ》に入っていた。後白河法皇の長男ではあるが、九歳で仏門に入ったこの息子のことを、法皇は忘れかけていたほどである。

しかし皇子はまだ幼く、父親を飛び越えての即位はどうであろうかという意見が出され、皇太子にもならなかった父親が、いきなり天皇になったのである。この父親こそが後白河天皇であり、後白河法皇なのだ。

ほんの中継ぎに過ぎなかった後白河法皇は、この後長きにわたり権力を持つことになる。

鳥羽院の希望どおり、早々《そうそう》に帝位を守仁親王に譲り、親王は二条《にじょう》天皇となったものの、二十二歳の若さで崩御《ほうぎょ》したのだ。

その九年前にわが子の即位がかなわなかった崇徳院*が兵を起こし、法皇は初めての戦《いくさ》というものをしなくてはならなかった。この時は平清盛と源義朝《みなもとのよしとも》が存分に働いてくれ、どれほど頼もしく思ったことだろう。この時から清盛とは妙に気が合ったのである。

ひょんなことから、天皇となり、さらに上皇に、そして法皇となった身は、よそから見れば〝異例の存在〟であったろう。なにしろ和歌ではなく今様に夢中になり、戦となればまるで武士のように血がはやるのである。

「とても天皇の器ではない」

と長く言われ続けた後白河法皇であるが、絶大な力を持った鳥羽院はもはやなく、二条帝崩御の後は確かな権力を持つようになった。御簾《みす》の奥深くで育った帝ではない。庶民の息吹にも触れていた法皇は、人心掌握術にも長《た》けていたのである。何よりも人を動かし、企《たくら》みを成功させることができる政治に、法皇は身を入れるようになる。実際に楽しかったのだ。

若い時は天皇になるあてなどまるでなく、一生今様を歌って暮らしていくつもりであった。しかし権力の中枢にいると、人はいくらでも寄ってくるし、そうするともめごとが起こってくる。側近の信西《しんぜい》と藤原信頼《ふじわらののぶより》*がいがみ合うようになったのだ。その時、信頼には源氏がついたのであるが、あの時は肝を冷やした。義朝によって信西は自ら命を絶ち、法皇は閉じ込められたのである。それを救い出してくれたのが平清盛であった。

もともと平家も源氏も、貴族たちを守るための武士である。昔は昇殿《しょうでん》もかなわなかった。それが清盛の父忠盛《ただもり》の時に昇殿が許され、後白河法皇を救った功績により、清盛は父を上まわる正三位《しょうさんみ》の位を賜り、ついには太政大臣《だいじょうだいじん》までに出世したのである。それどころではない。牛車《ぎっしゃ》に乗り警護の兵を従えて宮中に入ることを許されるようになった。これを許可したのも後白河法皇である。

清盛は頼もしく、力があった。平家一門の男たちは武芸にすぐれ、皇室への忠義に溢《あふ》れている。清盛は豪放磊落《ごうほうらいらく》な男で一緒にいると大層楽しい。

しかも後白河法皇が今様*を集め、作品としてまとめたいと言った時、

「ぜひおやりくださいませ。素晴らしいことでございます」

と励ましてくれたのである。

そのうえ、法皇は、清盛の妻の妹を寵愛するようになった。滋子《しげこ》といい、後に建春門院《けんしゅんもんいん》と呼ばれる女御《にょうご》である。

姉の時子《ときこ》は平凡な顔立ちの女であるが、腹違いの妹は、華やかな美貌である。やさしく聡明なこの女を、後白河法皇は深く愛するようになる。寵愛というよりも、庶民の夫婦のように睦《むつ》み合った。宴や行事をともにするだけでなく、人には言えぬ相談ごともこの女にはした。

平清盛の傲慢《ごうまん》ぶりが鼻につき始めたことも、滋子には打ち明けた。

「私にお気をお遣いくださいますな」

滋子は言った。

「どうか陛下の思うままになさってくださいませ」

というものの、愛する女の縁に繋《つな》がる者たちを、どうして裁くことが出来るだろうか。御所では、平家の公達が滋子のところにしょっちゅう訪ねてきては笑い声が起こる。その明るい様子が法皇は好きであった。

後白河法皇も時々は顔を出し、彼らをからかうようなことを口にする。するとこのお方が、ふつうの雲上人《うんじょうびと》とはまるで違うということを知っている若者たちは、わざとぞんざいな仲間のような言葉で接することもある。そうした時間も好きであった。

滋子が生きていた頃が、後白河法皇と清盛との蜜月であったと誰もが言う。中級の貴族出身の滋子は、仕える者たちにも細やかに気配りをし、建春門院の御殿といえば、若い女房たちの笑い声がたえないところとして知られていた。そこに平家の公達が加わり、いくつかの恋も生まれる。

短い間に、保元《ほうげん》、平治《へいじ》の乱を鎮《しず》めた清盛の子や孫たちは、押しも押されもせぬ名門の子弟となっていったのだ。彼らがもう少し謙虚さを持ってくれていたら、平家ももう少し長く続くことになったのではなかろうかと法皇は思う。


清盛の孫による摂政への狼藉《ろうぜき》事件があったものの、しばらくは落ち着いた日が続いた。後白河法皇と滋子は有馬《ありま》温泉に出かける。今様ほどではないが、温泉も法皇の好むものだ。湯に浸《つ》かり、土地の今様歌いたちを呼んだりする。その帰りに滋子は突然腹痛を訴えた。そして病の床につき、一ヶ月後に亡くなるのだ。まだ三十五歳の若さであった。


滋子がいなくなったからといって、平家の権勢が弱くなったわけではない。それどころか昇進の速度がさらに早くなっていく。

嫡男の重盛は左大将となり、弟の宗盛《むねもり》まで右大将になったのには世間も驚いた。

滋子が亡くなった次の年のことである。後白河法皇は側近の静憲《じょうけん》にこうささやかれた。

「今夜、面白い集まりがあるのですが、お出ましいただくことはかないませんか」

静憲は、後白河法皇の側近として政治に影響力を発揮しながら、平治の乱で自害に追い込まれた僧、信西の子であった。

「今様の宴なのか」

「似たようなものでございます」

静憲は静かに笑った。

後白河法皇はこの頃、たいていのことがめんどうくさくなっていた。もともとはなりたくてなった帝ではないのだ。父の鳥羽院が、気に入りの孫、つまり自分の息子を帝にしたかった。が、父親を飛び越して、というわけにもいかないので、つかの間、自分を帝位に就かせようということになったのだ。帝になり、そして息子に譲るべく上皇になった。しかし息子である二条天皇は思いのほか早く亡くなり、そのまた息子が幼くして帝になった。おかげでずっと自分は、権力の座に就かなくてはならなくなっているのだ。

政治は面白いことは面白い。が、誰からも顧みられなかった若い頃のように、今様を気楽に歌いたい時もある。

「しかし、御幸《ごこう》が知られますとめんどうなことになります。どうか今夜のことはご内密にしてくださいませ」

静憲の口調で、法皇は多くのことを察した。昔からこうした勘はすぐれている。

「他は誰が来るのだ」

「新大納言《しんだいなごん》成親《なりちか》殿、多田行綱《ただのゆきつな》殿らでございます。場所は俊寛《しゅんかん》殿の鹿谷《ししのたに》にある山荘でございます」

成親は昔から後白河法皇の寵臣《ちょうしん》で、若い頃は褥《しとね》にも呼ばれていた。女色が好きな法皇であるが、たまには美少年を呼ぶこともあった。生前の滋子がそれを嫌ったので今はそれがない。しかし成親が気安い相手ということには変わりはなかった。

当日は静憲につき添われ、法皇は牛車に乗った。鹿谷は都の東にある。名前どおり人里離れた場所だ。そこに俊寛は風流な小さな邸《やしき》を建てていた。彼は父の代からの僧侶である。彼もまた後白河法皇の側近の一人だ。

邸に着くと親しい八人の男たちがいた。贅沢な料理と酒が運ばれてくる。

法勝寺執行《ほっしょうじしゅぎょう》である俊寛が、裕福なのは有名である。酒も高いものらしく大層うまい。

そして平家の悪口を大っぴらに言い始めた。

最近の除目《じもく》*で、平重盛は左大将、宗盛は右大将になった。高倉《たかくら》天皇のおぼし召しによるものだとわかっているが、清盛は自分の娘を入内させ、すっかり岳父《がくふ》気取りであれこれ指図している。

比叡山《ひえいざん》の僧兵たちが強訴《ごうそ》*を起こした際、重盛の兵が神輿《しんよ》に矢を向けたのが発端であった。なんという神を怖れぬ行いだったのか。

そうした言葉を愉快に聞いていた後白河法皇は、隣に座っている静憲につぶやく。

「すっかり平家を滅ぼす用意は出来ているではないか」

すると静憲は真青になった。

「なんということをおっしゃるのですか。もしそんなことが漏れたら、天下の一大事になります」

「それならば、今夜、どうしてみんなここに集《つど》っているのか」

「それは日頃の鬱憤《うっぷん》を晴らすためでございます」

みんな日頃口に出来ないことを言うためにここに集ってきているのか。それならば、こうして人里離れた山荘に集っているのもわかる。

しかし、情けないと法皇は思った。みんな自分の側にいる実力者ばかりではないか。こうした者たちが束になっても、平家にかなわないのか。

その時、酔っぱらって立ち上がった成親が、袖に引っ掛けて瓶子《へいじ》を倒してしまった。あまりの不作法に、

「どうしたのだ」

と法皇が怒鳴ると、成親は笑って言った。

「瓶子（平氏）が倒れましてございます」

これはいい、これはいいと、みなが手拍子をうった。西光《さいこう》法師が倒れた瓶子を手にとり、その首をへし折ったのである。やんややんやと喝采《かっさい》が起こる。法皇は上機嫌である。みながこれほどあからさまなことを口にしたことに満足したのである。

すぐではない。が、これだけの気概を持った者たちがいるのだ。あと数年すれば、おそらく平氏は力を失うことであろう。倒れるかどうかはわからない。しかし今のままではいられないはずだ。時機は見なくてはならない。それで何人の者が失敗したことだろう。

後白河法皇は兄の崇徳院が好きだった。歌人としても名高い崇徳院は、教養に溢れた有能な人間であった。しかし自分の子どもが帝になれないことに憤り、軍を起こしたのだ。そして敗

れ、讃岐《さぬき》に流された。

源義朝もそうだ。立身出世をはやるがあまり、自分が死ぬことになったではないか。みんなことをせいてしたがる。

もっとゆっくり、ゆっくりと始めなければいけないのだ。権力はどっしりと重く粘りがあり、めったなことでは動かない。

　このごろ京《みやこ》に流行《はや》るもの
　肩当《かたあて》腰当《こしあて》烏帽子《えぼうし》止《とどめ》
　襟《えり》の竪《た》つ型……

今様など興味がないと思っていた俊寛が突然歌い始めた。これはその時々で単語をあてはめていく今様で、宴の時などに人気がある。

「首をとったる瓶子、首をとったる瓶子」

手拍子はいつまでも続いた。


山荘という密室で行われた話で、しかも具体性のまるでないものである。が、あっけなく露見し、大罪となっていくのはすぐに密告した者がいたせいだ。

成親と親しかった多田行綱が、あまりのことの重大さ、怖ろしさに震え上がった。他の者たちのように、どうしても笑い話にすることが出来なかったのだ。

どうして平家を倒すことが出来ようか。もし清盛の耳に入ったら、自分も殺されることは間違いないと、すっかりおじけづいたのである。

「お話ししたいことがございます」

清盛に直訴した。

清盛が驚き、怒り狂ったのは言うまでもない。その日のうちに、次男の宗盛、三男の知盛《とももり》らに命じて七千騎の兵を集めた。そしてまず行ったところは後白河法皇の御所である。

「法皇さまの側近たちが、平家を倒そうとしているとのことですから、それらの者たちをただちに引っ捕らえて尋問したいと考えていますので、法皇さまはそれを邪魔なさらないように願います」

法皇は、

「あれはただ……」

と言いかけてやめた。事態が抜きさしならぬところまで来ていることがわかったのだ。

その様子を聞いた清盛は、やはりと思わざるを得ない。このところ後白河法皇にまつわる不穏な噂《うわさ》をいくつか聞いていたのだ。出来ることならば、法皇を捕らえ思う存分問い糾《ただ》したいところであるが、そんなことが出来るはずはなかった。

まずは謀議に加わっていた西光を捕らえ、拷問にかけた。あれは豪気な男であったが、そのつらさにすべてを話し、その末に口を裂かれ、斬り殺された。法皇を盾にして、平家と競う力を持っていた男の最期であった。

その他の者たちも、哀れ極まりない。成親に対しても清盛は容赦なかった。

成親は、若い頃は、後白河法皇の褥へ上がった身の上である。単なる主従の間柄ではない。成親の北の方は、かつて法皇に愛されたが、友愛の証に成親に下げ渡したのだ。

成親については、重盛が弁説を尽くして減罪を訴え、死罪は免れたはずなのに、流刑地《るけいち》で結局は惨殺された。

そして俊寛、成親の子成経《なりつね》、平判官康頼《へいほうがんやすより》らは、薩摩《さつま》の南にある鬼界島《きかいがしま》に流されたのだ。人は住んでいたが言葉は通じない。米はなく、魚をとって食べなければならなかった。清盛は三人の男たちを地獄へと落としたのだ。しかしもっと恨んでいる男がいる。それが自分だということを後白河法皇はよくわかっていた。

一触即発と思われた清盛との仲であったのだが、二人の間につかの間の和解の時が訪れる。清盛の娘、徳子《とくこ》が懐妊したのである。これは平家にとっても、後白河法皇にとっても喜ばしい出来ごとであった。

七年前、徳子の入内については法皇は思うところがあった。ついこのあいだまで、高貴な自分たちを守る存在であった武士の娘が、どうして帝に入内することが出来るのだろうか。このことによって、清盛の力はさらに増大するに違いない。それは危険なことではなかろうか。

しかしその頃元気だった滋子がこう説得した。

「私の姪ですからこう申し上げるのではありませんが」

と前置きして、

「まだ世情は不安です。陛下のお立場をおびやかす輩《やから》がいつ出てくるかわかりません。今しばらくは平家の力を借りた方がよいのではありませんか。清盛殿は油断ならぬところがありますが、もしご自分の孫がお生まれになり、それが皇子でしたら、それこそ命がけで朝廷をお守りするでしょう。今、平家と朝廷の間が離れていると、世間に思わせてはなりません」

それは法皇も認めるところであった。保元《ほうげん》、平治《へいじ》の乱の記憶は、やはり法皇をおびえさせるのであった。

そして徳子が入内した。宮廷の情報を集めると、

「おっとりとした、可もなく不可もないお方」

ということであった。

十一歳の高倉《たかくら》天皇はまだほんの少年で、六歳年上の徳子とは話し相手にもならなかっただろう。しかし高倉天皇は、父の自分が考えていたよりも早熟であった。十六の時には女房との間に女子をつくったのだ。

しかし徳子とは、なかなか男と女の仲にはならない。宮廷中の人々が、今か今かとその日を待ち望んでいた。

情報は毎日届けられた。しかし高倉天皇は性の手ほどきをしてくれた年上の乳母《めのと》に夢中で、なかなか徳子の部屋に行かないのだ。

が、ついにその日がやってきた。首尾よく終えたと女房から聞いた時、後白河法皇はどれほど安堵《あんど》したことだろう。

そしてついに懐妊である。平家は大騒ぎだ。安産を願って、国中の高僧が集められた。

しかし出産が近づくにつれ、徳子はもがき苦しむようになった。執拗《しつよう》な物気《もののけ》がついているからだ。やがてある僧の念力によって、物気は侍女《じじょ》の一人にとりついた。髪をふり乱して女は叫ぶ。

「我は俊寛なるぞ。我は成親の霊なるぞ。我は西光なるぞ」

次々と名乗りをし、女はばったりと倒れた。

これでやっと清盛も、鬼界島から男たちを戻すことを決心した。さっそく舟がつかわされたが、清盛はどうしても俊寛がそれに乗ることは許さなかった。長いこと目をかけてやったのに、自分を裏切った男を、深く憎悪していたからである。

十一月十二日、寅《とら》の刻《こく》*、徳子が産気づいた。関白はじめ、太政大臣ら公卿《くぎょう》が一人残らずご産所の六波羅池殿《ろくはらいけどの》*に参上した。伊勢神宮をはじめ、主立った二十余ヶ所の神社や東大寺などの寺が誦経《ずきょう》を始める。重盛殿が献上する馬十二頭を牽《ひ》く。産所では、経の声が満ち満ちて、香油のにおいでむせかえるようだ。

しかし徳子は苦しみ、体をのけぞらせるばかり。清盛のうろたえ方は尋常ではなかった。

何十人という僧たちが必死で祈っている。

後白河法皇はふと思いついて、産屋の近くまで寄った。そこにまで徳子の苦悶《くもん》の声は聞こえてくる。

もしこの女が死んだらどうなるだろうか。お産で若い女が死ぬのは珍しいことではなかった。清盛はおそらく落胆のあまり、気が抜けたようになるだろう。が、あの男のことだ。別の自分の娘を高倉帝のところに送り込んでくるに違いない。清盛とはそういう男だ。

とはいうものの、ここで徳子を死なせるのは得策ではなかった。何よりもここで清盛と歩み寄ることは、決して悪いことではないだろう。世間では、いつか清盛と後白河法皇とが争うと噂されている。そういうものも払拭《ふっしょく》するのにはいい機会だ。

法皇は声を張り上げる。

「今、中宮にとりついている者たちは、みなわが皇室の恩を受けていた者たちではないか。私がこうして傍《かたわ》らで経をあげている限り、中宮にとりつくことは出来ないぞ。早々に立ち去るのだ」

まわりの者たちは驚いている。わが子の后《きさき》の出産で、法皇自らが経をあげるなどということは聞いたことがなかったからだ。

法皇は数珠《じゅず》を力強く上下させる。瞼《まぶた》に懐かしい顔が浮かぶ。あの鹿谷で今様を共に歌った者たち。

成親、俊寛、そして西光……。今、彼らに向かって、立ち去れと祈る。

近くの清盛は感激のおももちを隠さない。

後白河法皇は祈る。とにかく無事に御子が生まれますように。皇子ならなおいい。清盛は自分の孫だと思っているが、私の孫でもある。やがて帝になるだろう孫。清盛が敬語を使い、恭《うやうや》しく頭を下げるだろう赤ん坊。

皇室とはそうしたものだ。武士がどれほど這《は》い上がってきてもかなうはずはない。我々は平家という下々の者に、ほんの少し血を分け与えるだけなのだ。

法皇はさらに読経《どきょう》の声を張り上げる。

二

後白河法皇は、壇ノ浦での勝者、源義経《みなもとのよしつね》のことを思い出す。

今年の正月十日のことだ。義経は出陣前に御所を訪れたのである。

「平家はもはや神にも、法皇さまにも見はなされ、今や落人《おちうど》となって波の上を漂っております。もっと早く滅ぼさなければいけなかったのですが、あれやこれやで三年近くもたってしまいました。今回こそ私は、平家の息の根を止めてまいりましょう」

この力強い言葉は、後白河法皇を喜ばせた。御簾《みす》ごしに自ら言葉をかける。

「必ず勝負を決めよ。すべてはそなたの手腕にかかっているのだ」

義経は感動のあまり頭《こうべ》を垂れたままだ。しかし顔はちらりと見えた。陽に灼《や》けてはいるが、端正な顔立ちである。

父親の義朝もなかなかの美男子であった。それよりも母の常盤御前《ときわごぜん》というのは、かなりの美女だったということであるが、後白河法皇は見たことがない。

ただ子どもたちの命乞いをしに来た義朝の愛人を、その美貌ゆえに平清盛が操を奪い、自分のものにしたというのはあまりにも有名である。

まだ清盛が生きていて壮健だった頃、後白河法皇はそのことについてからかったことがあった。

「とんでもございません」

清盛は首を大きく横に振った。

「あの女が子どもを連れて現れました時に、いったんは家臣の邸に引き取らせ、手厚くしてやりました。そこに見舞いの歌を送ったところ、すぐに女から返歌があったのです。それは色よい返事でございました」

つまり自然に男と女のことになったというのである。

「が、今は後悔することばかりでございます」

常盤御前をめぐっての、世間の悪評かと思ったがそうではなかった。

「戦《いくさ》の後始末に、情けなどというものはあってはならないのです。ほんのわずかな心のゆるみや油断が後々の戦の種になるのでございますから」

その時、まだ伊豆の頼朝《よりとも》は挙兵していなかった。ましてや末子の義経は、どこでどう暮らしていたかもわからない。しかし清盛はまるで予言するかのようにこう言いはなったのである。

「女のやさしさは、まことに厄介なものです。やがて男たちを滅ぼすとも知らずに」

その昔平治の乱の後、清盛の義母、池禅尼《いけのぜんに》は涙を流して頼朝の助命を嘆願したのである。そして義経の母、常盤御前は子どもたちを救おうとあらゆる手を尽くした。自然に男と女の仲になった……などと清盛は言っているが、その陰には命懸けの策略があったに違いない。

後白河法皇は、死んでいった自分の何人かの息子たちのことを思った。高倉天皇のように、若くして病死していった息子もいれば、第三皇子の以仁王《もちひとおう》のように、清盛と戦おうとしたために、まるでいち兵士のように死んでしまった者もいる。

以仁王が、老将源頼政《みなもとのよりまさ》だけを頼りに、わずかな兵で「打倒平家」を掲げて立ち上がったのは、父である自分を救い出したいためだと言われている。

その頃、後白河法皇は、政変によって鳥羽殿《とばどの》に幽閉《ゆうへい》されていた。これに憤った以仁王は立ち上がったのだと。父への愛と、皇室の誇りのために戦い、彼は悲劇の皇子ということになった。が、これは本当であろうか。

この時自分が、息子の決意を有難い、ととらえたかというとそんなことはない。もともと帝《みかど》や皇族たちは、親子の情というものが極端に薄い。何人かの女たちに産ませた子どもたちは、皇太子以外そう接触はなかった。ましてや以仁王はすぐに寺に入り、親王宣下《しんのうせんげ》*も受けられなかったのである。

結局、以仁王は戦うことによって、帝の地位を得たかったのではないか。それに乗ることなく、こっそり息を潜めていて本当によかったと後白河法皇は考える。

以仁王が悲業の死を遂げたと聞いた時、長い経を唱えたがそれで終わりだ。薄情と言われても、自分はそうして生き延びてきたのである。


いろいろな者たちが、後白河法皇の前に現れた。そして同じことを言う。

「平家の悪政を、私が終わらせてみせます。そしてきっと法皇さまをお助けし、法皇さまが天下第一の方と世間に知らしめます」

後白河法皇も必ず同じことを口にした。

「そなただけが頼りだ。どうか私を救ってくれ」

そして乞われれば院宣《いんぜん》を与えた。あの時もそうだ。

後白河法皇が御所で管絃の遊びをしている時であった。庭の方で何やら騒いでいる。見ると髭を生やし、汚れて破れた法衣《ほうえ》を着た僧が、まわりの者たちの止めるのも聞かず、庭に入ってくるところであった。

大柄な僧は目がらんらんと光り、その声の大きさも異様であった。

「法皇さまともあろう方が、どうして私の願いをお聞きとどけくださらないのか」

勧進帳《かんじんちょう》*をひろげ、大声で読み上げた。それは高雄《たかお》*にある、老朽化した寺を建て直す、そのための寄進をしろというものであった。

久しぶりにお気に入りの者たちを集めた宴で、いつものようにみなに今様を歌わせ、自らもそれに加わって楽しんでいた後白河法皇は、この汚らしい僧の無礼さに、すっかり腹を立てた。

「その者の首を突いてしまえ」

しかしその僧はまるでひるむことはない。

「高雄の神護寺《じんごじ》修復に、荘園を少しいただかないことにはここを動かぬ」

そこにいた者が刀で首を突こうとしたところ、勧進帳で烏帽子《えぼし》*をはらって落とし、拳《こぶし》で胸を突いてあおむけに倒した。それどころか奪った刀を右手に持ち高く掲げ、武士たちの間を走りまわる。やっとのことで捕らえて牢に入れた。

この時死刑を命じることはたやすかったのに、後白河法皇がそれをしなかったのには理由がある。

この奇怪な僧に妙に惹かれるところがあったのと、

「この世はもう末じゃ。君も臣もほどなく滅びてしまうであろう」

とわめく言葉に、密《ひそ》かな爽快感を持ったためである。ゆえにそれ以上のことはせず、十日ほどで牢から出してやった。

この僧は文覚《もんがく》*と言い、都でも物騒なことばかり言いふらすので、伊豆に流されることになった。その地で流人《るにん》となっていた源頼朝に、文覚は接近する。

そして再び、後白河法皇の前に姿を見せたのだ。いや、法皇は会っていない。前右兵衛督《さきのうひょうえのかみ》光能《みつよし》*から、こうささやかれたのである。

「文覚が伊豆からここに来ております」

「あの奇妙な僧だな」

「伊豆から三日かけて来たそうでございます」

その時後白河法皇は福原《ふくはら》の都の一角に押し込められており、ごく側《そば》に仕える者だけが会うことが出来た。光能もその一人である。

「どうか源頼朝の罪をお許しになり、兵を挙げることをお認めいただきたい。そのための院宣が欲しいとのことでございます」

たやすいことだ、と後白河法皇は言った。義朝には頼朝という嫡子《ちゃくし》がいた、というのをその時思い出したのである。確か殺されるところを、清盛の義母のたっての願いで、伊豆に流罪《るざい》となったはずである。

後白河法皇は、源義朝をそう憎んではいなかった。保元の乱と呼ばれる戦いの時は、平清盛と共に自分を助けてくれた。しかしその戦いで、敵側にすわった自らの父と幼い弟たちの助命を願ったにもかかわらず、首を刎《は》ねられたことをかなり恨んでいたのだろう。次の戦で義朝は敵方となってしまった。あの頃は、敵や味方がたやすく入れ替わったのだ。今ももちろんそうではあるが。

義朝はもはや忘却のかなたに消えようとしていたのに、その息子が生きていて、また兵を挙げようとしているのは驚きである。

「あんな田舎で立ち上がったといっても、いかほどのことが出来ようか」

しかし一笑に付すことは出来ない。自分のことを考えても、この世は何が起こるかわからないのだ。第四皇子として生まれ、母も父から疎《うと》まれていた。帝位に就くことなど誰も考えていなかったのに、自分は帝から上皇となり、法皇となり長く権力の座にいる。

いや、権力の座にいる、というのは間違いだ。法皇という地位にいるからには、自分こそが誰よりも強力な権限を持っていると思っていた。が、平家という一族が自分よりもさらに強い力を持ち、こうして自分から自由を奪っているのである。これから先もどんなめにあうかもわからぬ。殺されたり、島に流されたりした何人かの高貴な人間たちがいるではないか。

可能性の芽は、絶対に摘んでおかなくてはいけないということを、後白河法皇はそれまでの人生で知り抜いていた。

院宣を書くことなどたやすいことだ。相手は感激のあまりどんなことでもするだろう。万が一、平家の手に渡ったら、偽ものだとつっぱねればいいのである。

後白河法皇の前にまた別の男がやってきた。

その男のことは、後白河法皇も噂で聞いていた。信濃国《しなののくに》の木曽《きそ》に義仲《よしなか》という清和源氏《せいわげんじ》の武士がいるというのである。六条判官《ろくじょうほうがん》と呼ばれた源為義《みなもとのためよし》の次男義賢《よしかた》*の息子だ。義賢は義朝の異母弟であるから、彼は頼朝や義経の従兄弟《いとこ》になる。しかし法皇は一度も会ったことはない。

義仲の父が勢力争いに負け、頼朝の兄に殺された時、義仲は二歳であった。母は幼い息子を抱いて信濃国に向かった。そして木曽中三兼遠《きそのちゅうぞうかねとお》*に預けたのだ。

義仲はここで青年になっていったのであるが、とにかく力が強く激しい気性を持っていた。

自分の身の上もよくわかっていたので、従兄弟の頼朝が挙兵したと聞くと、もう居ても立ってもいられなくなった。やがて近くの豪族たちを味方に引き入れ、信濃で兵を挙げる。最初、平家の者たちは義仲のことなど歯牙《しが》にもかけなかった。

「源氏の生き残りとかいう田舎者が、なにやらことを起こしている」

越後守《えちごのかみ》城《じょうの》四郎長茂《しろうながもち》は制圧に向かった。こちらは四万騎である。対する義仲の軍勢は三千騎であった。が、義仲の軍の中には知恵者がいて、三千騎を七手に分け、あちらの峰、こちらの洞《ほら》と散らした。そしてそれぞれに平家の印である赤旗を持たせたのだ。

何も知らない越後守は、味方と思い近寄り、多くの兵を討たれてしまった。

これを聞いた時、後白河法皇はかなり不快に思ったものだ。未だかつてこのような卑怯《ひきょう》な戦い方をする者はいなかったからだ。

同じような感想を、このたびの壇ノ浦合戦でも持った。

総大将義経は、まずは平家の船の漕《こ》ぎ手に向けて矢をはなったという。漕ぎ手が即死した船は、波間に漂うことになる。あとは源氏兵にやられるがままだ。女房たちはあまりのことに、泣き叫んだという。平家がいくらあくどい、といっても、こんな戦い方をしたことはなかった。

「従兄弟というのはよく似ている。それよりも源氏というのがそうしたものなのであろうか」

まだ会ったことのない源頼朝のことが気がかりであるが、これは意外なことに貴族然とした男だという。伊豆の山中に流されていたというものの、あたりの東国の武士とはまるで違う貴公子ぶりに、女たちがほってはおかなかったということだ。そもそも流人の彼が、兵を起こすことが出来たのは、北条《ほうじょう》＊の娘と結婚したことによる。

しかしよくここまで乗りきったものだ。

平家は滅んだのである。最初は自分を助けてよく働いてくれていたものの、清盛は途中から図に乗った。おかげで彼の息子、孫たちまでも、愚かな行いをしたのである。

自分も二度幽閉されたのであるが、その都度助けてくれる者がいた。しかし我ながら賢かったと思うのは、その中の誰をも信じなかったことだ。

平家が都から落ちていく時、後白河法皇はもちろん、同行を求められそうになった。平家は幼い天皇＊と共に、自分をも人質にしようとしていたのだ。それがわかっていたから、気に入りの貴族一人だけを連れて鞍馬《くらま》に逃れ、さらに比叡山《ひえいざん》に移った。そこにたくさんの貴族たちが押しかける。利にさとい彼らは、誰がもうじき勝者になるのかはわからなくても、誰が敗者になるかは確信していた。平家からは出来るだけ離れていた方がいいのだ。

すでに木曽義仲が五万騎を連れてくるという報が届けられていた。後白河法皇を守護して都へ入ろうとするだろう。彼の意図はわかっている。これから自分が覇者として平家になりかわろうとしているのだ。

後白河法皇のこの推測は、正しかったといってもいい。都に入った義仲はそれこそ自分が新しい支配者といわんばかりに狼藉《ろうぜき》の限りを尽くすのだ。今までの功績に対して、従五位《じゅごい》＊に叙して、伊予守《いよのかみ》にしてやったというのに。

義仲の軍は都に入ったものの、兵糧《ひょうろう》を持たなかった。ゆえに家々に押し入り、食料を奪った。

それだけではない。貴族の屋敷に押し入り、身分ある女を犯す者さえいた。

「これならば、平家の方がずっとましではないか」

と人々は憤り拳をふるわせた。

そして同時に、義仲の行状も、憎しみを持って面白おかしく語られる。

二歳から三十歳になるまで、ずっと信濃国木曽というところに育った彼は、礼儀というものをまるで知らない。言葉遣いも粗暴であった。

ある時、猫間中納言《ねこまのちゅうなごん》光隆《みつたか》卿*という人が、相談ごとがあって義仲のもとに訪れた。住んでいるところから猫間と呼ばれているのであるが、

「猫がやってきたのか。猫が人と会うのか」

義仲は大いに笑う。そして、

「せっかく猫殿がやってきたのだから、ご膳をさしあげよ」

と命じた。

中納言は困惑して固辞したのであるが、やんわりとした都風の拒絶が通じるはずはない。

大層大きな田舎風の椀に、飯が大盛りで運ばれてきた。菜が三品、これまた大ぶりの椀に平《ひら》茸《たけ》の汁が湯気を立てている。木曽では最高のご馳走《ちそう》であるが、中納言が喜ぶはずはない。大きな椀も気味悪く感じた。それでもなんとか箸をとって食べるふりをすると、

「猫殿は少食でいらっしゃる。もっと召し上がらなければいけませんぞ」

としつこくすすめるので、ほうほうのていで帰ったのである。

都中の嫌われ者、笑われ者になったといっても、義仲は官位を得ていた。宮中に参内《さんだい》する時は、狩衣《かりぎぬ》*と烏帽子をまとわなくてはならない。牛車《ぎっしゃ》にも乗る。しかし初めて牛車に乗った時の牛飼いは、元は平家に縁のあった者で、この成り上がり者を快く思わなかった。そこで門を出る時、牛に一鞭《ひとむち》あてたのですごい勢いで牛車は走り出す。義仲は車の中でひっくり返った。

院の御所に着いてからは、後ろから降りようとするので、雑色《ぞうしき》*が、

「車はお乗りになる時は後ろから、お降りになる時は前からです」

と注意した。すると彼は、

「そんなことを誰が決めたのだ。それでは車の中を素通りするだけではないか」

と後ろから降りてしまった。

そうしているうちに、都の者たちの義仲への不満はもう抑えられないものになっていく。

後白河法皇は使者を立てて義仲のもとへ遣わせた。

「前からそなたには謀反《むほん》の噂がある。それが事実でないとするならば、ただちに西国へ行き平家を討て。もしこれ以上都にとどまるならば謀反の企《くわだ》てがあると解釈するだろう」

しかしどうしたらいいのだろう。都にはもはや、義仲と戦ってくれる武士はいないのである。平家をうまくたきつけようにも、彼らは西国へと行ってしまった。仕方なく延暦寺《えんりゃくじ》、三井寺《みいでら》の悪僧たち、無頼の徒、怪しげな法師といった者たちを召集した。

後白河法皇が義仲を嫌って討とうとしていらっしゃる。

この報はすぐにあたりに知れわたった。そうすると義仲についていた武士たちもみな翻ったのだ。北国《ほっこく》の武士たちもみな本国に帰り、義仲は次第に孤立していく。

しかし後白河法皇は、その時自分の住む御所、法住寺殿《ほうじゅうじどの》が戦場になるとまでは想像していなかった。

十一月十九日の朝、法住寺殿の西門には、義仲の軍がいた。そして御所の西の築地《ついじ》の上には、鼓判官知康《つづみほうがんともやす》＊がいた。そして義仲に向かって罵《ののし》る。

「お前たちがはなつ矢は、お前たちに返っていってお前たちの身に当たるであろう。お前たちが抜く刀はお前たち自身の身を切ることになるだろう」

義仲が怒り、合戦が始まった。といっても誰が味方か誰が敵かわからない。火をはなつ者がいて、たちまちあたり一面に燃えひろがった。兵士たちはあわてふためき逃げまどう。後白河法皇はあらかじめ、御所のまわりの者どもに、

「義仲の兵が落人とならば、みな打ち殺せ」

と命じていたので、容赦はなかった。源氏といえども後白河法皇側の摂津源氏《せっつげんじ》の兵たちは「我らは院側の者だ」と叫んだけれども、石を投げつけられた。

それどころか、院の御所にこもっていた天台座主明雲大僧正《てんだいざすめいうんだいそうじょう》＊、園城寺長吏円恵法親王《おんじょうじちょうりえんけいほっしんのう》＊といった高僧たちも、矢をはなたれ首を取られたのである。

後白河法皇は輿《こし》に乗り逃げた。あちこちから矢がはなたれる。もうこれで最期かと観念したのであるが、供奉《ぐぶ》している貴族たちが、

「これは法皇の輿である。間違えるな」

と大声をあげたので、兵士たちもみな馬からおりてかしこまった。これで助かると安心したところ、彼らはなんと別のところへ押し込めようと輿を担ぐのである。


そしてなんとか生き延びた後白河法皇は、寂しい寿永《じゅえい》三年の正月を迎えた。さる貴族の邸に身を寄せ、ここを御所としていたのであるが、なにぶん個人の邸宅なので年頭の儀式を行うことも出来ない。節会《せちえ》も四方拝《しほうはい》*もない。縁起ものの鰚《はらか》*の献上もなかった。

後白河法皇は、側近の者たちと楽しかった日々を語り合うのである。

悪政といっても、平家はここまでひどいことはしなかった。世の中の行事はきちんと行われていたのである。

そんな時に義仲が西国に発つ挨拶にやってきた。法皇も知っていたことであるが、義仲はそれ以前に平家との和睦《わぼく》を画策し、平家と共に頼朝と戦おうとしていたのである。が、この策略はうまくいかず、結局平家追討に向かわざるをえなくなっていたのである。

そうこうするうちに、義仲は新たな情報を得る。東国から源頼朝が、義仲の暴虐を鎮《しず》めるために都に向かって兵をさし向けた。その兵士たちは、既に美濃国《みののくに》、伊勢国《いせのくに》に到着したというのだ。義仲は驚きとりあえず宇治、勢田《せた》*の橋板を取りはずさせた。敵が攻めてこないようにと、それくらいのことしか出来なかった。

東国から攻めのぼる大将軍は、頼朝の弟範頼《のりより》、*そしてもう一人は九郎義経であった。頼朝に何人かの弟がいることを、後白河法皇も義仲ももちろん知っていた。が、頼朝が弟たちと再会し、深い契《ちぎ》りを結び、末の弟が戦の天才だということはそれまで知らなかったのである。

宇治川での合戦が始まった。戦の様子は御所の奥深く避難している後白河法皇、殿上人《てんじょうびと》たちにはなかなか伝わらない。ただ祈るだけであった。

「この世はもう終わりだ」

法皇は恐怖と情けなさで、涙が止まらない。なんとか平家を倒そうと、さまざまな策略を練ってきた。それがこの始末なのだ。木曽義仲に頼ったばかりに、逃げまわる身となり、自分の命さえ危うくなったのである。戦の勝敗次第ではこの先どうなるかわからない。法皇は気に入りの今様を口ずさもうとしたのであるが、こういう時、出てくるのは経のみであった。

「能除一切苦真実不虚故説般若波羅蜜多……」

その時従者があわただしく入ってきた。

「たった今、木曽殿が最後のお暇《いとま》ごいにおいでになりました」

「なんということだ」

後白河法皇は真青になった。義仲の腹の内はわかっている。暇ごいというからには、もはや敗戦は決まったに違いない。最後の最後、人質として自分を盾にするつもりだろう。考えてみると、平家が都を去る時にも自分に対して同じことをしようとした。それを察した法皇は、実にうまく逃げたのである。ここで義仲と運命を共にする気はまるでない。

「私はもうここにはいない。危険ゆえに別のところに移ったと伝えるのだ」

義仲はそれが嘘であることはすぐにわかったであろう。しかし無理に押し入ってくることはしなかった。最後の誇りは保ったのである。

彼はわずかな供《とも》を連れ逃れ、最期は馬上で射られ、首を刎ねられるのである。

その同じ日のことだ。院御所の東の土塀に立って見張りをしていた者が大声をあげた。

「また木曽殿が参りました。いかがいたしましょう」

今度こそ終わりだと、法皇もまわりの者たちも震え天をあおいだ。が、

「駆けつけてくる者たちは笠印が違っております。今日都へ入る東国の軍ではありますまいか」

その声が終わらぬうちに門を叩く音がした。

「東国から前兵衛佐《さきのひょうえのすけ》頼朝の舎弟、九郎義経が参りました。どうか門をお開けください」

法皇はその若者を見た。赤地の錦の直垂《ひたたれ》に、紫裾濃《むらさきすそご》*の鎧《よろい》を着て、黄金《こがね》づくりの太刀を下げていた。りりしく美しい若武者であった。

りりしい、といっても平家の公達とは違う。優雅さのかわりに素朴なたくましさがあった。彼についてきている武士たちも若く立派で、その面《つら》だましいのいいことといったらない。都では見たことのない、東国の武士たちに後白河法皇はすっかり満足した。

大膳大夫《だいぜんのだいぶ》*に取り継がせ、彼らを広廂《ひろびさし》*の際まで寄らせた。合戦の経過を聞く。

「義仲謀反の報を聞き、兄頼朝は大層驚き総勢六万を派遣いたしました。範頼は勢田からまわりましたがまだまいりません。私は宇治の軍勢を討ち取り、まずこの御所をお護《まも》りするために

馳《は》せ参じました。私が来たからには、どうぞご安心くださいませ」

あの時の安堵と喜びを、今でも法皇は憶えている。思わず近寄っていき、言葉をかけた。

「そなただけが頼りだ」

あの言葉に嘘はない。義経は今回壇ノ浦まで平家を追いつめ、ついに滅亡させたのである。凱旋してきたら、高い位に引き立ててやろうと思っている。

しかし気にくわないのは、彼の兄源頼朝だ。ついこのあいだまで伊豆の流人であったものの、短い間に大きな力をたくわえ、数万の軍をこともなくさし向けるほどになったのである。頼朝には舅《しゅうと》である北条がついているうえ、東国の豪族たちが結集していると聞いている。

頼朝も第二の平家になるのであろうか。

まさか、と後白河法皇はうち消す。もう二度とあんなことはさせない。法皇や貴族を護るはずだった武士が、図に乗ってきたのである。

頼朝はなぜ都にやってこない。一日も早くやってきて臣下《しんか》の礼をとるべきだ。そうでないと〝東国の帝〟のようにふるまうに違いない。

何か位を与えてやろう。そうだ。従二位《じゅにい》にでもしてやろうか。頼朝は感激するに違いない。これは褒美《ほうび》だ。褒美は力ある者が下の者に与えるものなのである。それをわからせてやらなくては。

もう当分戦はないだろう。この国でいちばん高貴な自分が逃げまどった戦はもうこりごりだ。もう下々の者たちに、

「そなただけが頼りだ」

と言わなくてもいいと思うと、後白河法皇は晴れ晴れとした気分になる。だから声を張り上げ今様を歌った。

万《よろづ》の仏の願《ぐわん》よりも
千手《せんじゅ》の誓ひぞ頼もしき
枯れたる草木《くさき》もたちまちに
花咲き実熟《みな》ると説いたまふ

七、九郎判官義経

戦場で死と戯れるにつれ、死がますます怖くなくなっていった。

源《みなもとの》義経《よしつね》にとって、死とは賽子《さいころ》のようなものである。その日、天が大きく振る。そしてどうやら、自分にはいつも勝ちの目が出るようであった。

おそらく自分は死ぬことはないだろう。

毎日が昂《たかぶ》っている。楽しい、とまではいわないが、兜《かぶと》をかぶり緒を結ぶ前から、体中に力が漲《みなぎ》り、心がはずんでいる。

戦《いくさ》ほど面白いものはなかった。兄の頼朝《よりとも》から多くの兵を与えられ、彼らは自分の思うとおり動くのだ。死さえ覚悟して。

義経は牛若丸《うしわかまる》と呼ばれていた頃、鞍馬寺《くらまでら》*に預けられていた。

「源氏の御大将の忘れ形見ではないか」

と同情してくれる僧侶もいたが、それは、

「殺されるところ、母の操と引き替えに命を長らえているのだ」

という声に遮られる。

その意味がわかるようになったのは、十歳の頃だ。それまでは母はただ懐かしく、慕わしいものであった。七歳で別れた母のことはよく憶《おぼ》えている。寺に預けられる時、執拗《しつよう》なまでにこう言われた。

「武士になるとは、ゆめゆめ考えてはいけませんよ。学問で身を立てるのです。貴い僧になって、どうか父上の菩提《ぼだい》を弔っておくれ」

しかし寺で教わる経典はまるで面白くなかった。義経はよく裏山にのぼり、じっと蟻《あり》の巣をのぞき込んだ。甘い柿の切れ端を置いておくと、まず伝令が走り、整然と列をなして、たくさんの蟻たちが出てくる。その列に時々小石を置く。すると蟻たちはあわてふためき逃げようとする。が、何匹かは必死で柿に到達しようとした。その動きを見るのは大層面白かった。

やがて裏山にそっとやってくる僧侶がいた。源氏に仕《つか》えていた者だと名乗った。

「御曹司、どうか枝をお持ちください」

太刀にみたてて、二人で向かい合う。義経は生まれつき敏捷《びんしょう》で、すぐにいくつかの型を修得した。

春になると僧侶は、生まれた仔猿を盗み出す。すると、歯をむいた母猿が襲ってくる。それを枝でふりはらわなくてはならない。

「御曹司！　後ろも」

雄猿が二匹、木の枝から斜めに飛んでくる。それを木の枝でふりはらう。最後に仔猿を返して僧侶は言った。

「ご覧なさい。子どものことになると、猿でも死にものぐるいになるのです」

この時父と母のことを聞いた。父がどれほど優れた武将であったかということ、母が自分たち兄弟を救うために死ぬほどの苦しみをなめたということを。

「今、平家によって人民は苦しんでおります。御曹司、それを救えるのはあなただけなのですよ」

僧侶は自ら書いた簡単な家系図も見せてくれた。

「*兄上二人はあの乱の折、父上と前後して非業《ひごう》の死を遂げましたが、この頼朝さまはご健勝で伊豆におられます」

あと同腹《どうふく》*の兄が二人いると聞いて、義経は目を輝かせた。

「いずれ源氏再興の時には、兄上たちと力を合わせることになりましょう」

その時こそ、おつらかったお母上の思いも晴れることになるのですよ、と繰り返す僧侶は、義経の「教育」のために送り込まれた者だと後で知るのであるが、五年ほどで姿を消した。

その前に彼は教えてくれたのである。奥州平泉《おうしゅうひらいずみ》に黄金に光り輝く都があると。平家に支配されない王国があり、藤原氏という強大な力を持つ当主がいると。

「藤原秀衡《ふじわらのひでひら》*さまをお頼りなさい。きっと御曹司を大切にしてくださるでしょう」

彼が去ってすぐに、十六歳の義経も鞍馬山を出た。小柄であるが色白で整った顔立ちの少年に、先輩の僧侶が目をつけ始めたこともあるが、それよりも燃えたぎる思いをどうすることも出来なかったからだ。

とはいうものの、すぐに平泉に向かったわけではない。そこまで向かう蓄えがまるでなかったので、とりあえず都に出ることにした。ここで用心棒の真似ごとのようなことをした。ある時奥州と都を行き来する商人《あきんど》がいるというので、近づいていったのは義経の方である。

「我は源義朝《みなもとのよしとも》の忘れ形見なり」と名乗っても、商人はなかなか信用しなかった。が、幼い頃の話を聞いて辻褄《つじつま》が合うと、やっと合点してくれた。

「この都で、源氏を名乗るとはなんと大胆な。もう私以外に打ち明けられてはいけませんよ。わかりました。平泉には私がお連れいたしましょう」

平泉に着いたのは初夏の頃で、想像以上に美しいところであった。中尊寺《ちゅうそんじ》の金色堂《こんじきどう》は文字どおり黄金で出来ていて義経は目を見張る。

そして幸運なことに、秀衡は義経を歓迎してくれ、庇護《ひご》を申し出てくれたのだ。おそらく、源氏再興という賭けにも乗ろうとしたのであろうが、秀衡はいつのまにかこの世間知らずの無邪気な青年を、大層可愛がるようになる。いちばん腕の立つ者に命じて、徹底的に武芸を教え込んだのも秀衡だ。

「いずれ伊豆の御曹司が、兵をお挙げになる日もやってまいりましょう。その時、すぐにお役に立てるようお励みなさい」

そして五年がたった。ある日、秀衡に呼ばれた。声がいつもと違う。

「伊豆の頼朝さまが、ついにお立ちになりました。さあ、急いで行くのです。兄上がお待ちです」

嬉《うれ》しさのあまり義経は泣いた。大声で泣いた。

「さぞかし兄上もお喜びになるでしょう。私どもの兵を少し差し上げましょう。私からのはなむけです」

あれから戦をいくつもした。従兄弟《いとこ》にあたる木曽義仲《きそのよしなか》も討ちとり、今義経は一の谷で平家との決戦にのぞもうとしている。

福原《ふくはら》の西方に位置する一の谷は、北は山、南は海に面している。入り口は狭くて奥は広い。崖は高く切り立っていて屏風《びょうぶ》を立てたようだ。平家はこの一の谷に城郭を構えていた。小高いところには、平家の印の赤い旗が春風にひるがえっていて、まるで火炎のようであった。

迎え討つ平家の武将は、新中納言知盛《しんちゅうなごんとももり》をはじめとして本三位中将重衡《ほんざんみのちゅうじょうしげひら》、越前三位通盛《えちぜんのさんみみちもり》、能登守教経《のとのかみのりつね》、薩摩守忠度《さつまのかみただのり》ら清盛の弟や息子たちである。

この一の谷の城はあまりにも強固であった。平家は北方の三草山《みくさやま》＊にも布陣していたが、こちらを破るのはわけないことであった。平家は夜襲にまるで慣れていない。戦は昼にするものと信じきっているので、いきなり攻めるとあわてふためき逃げていくのである。

いよいよ一の谷に向かう時が来た。義経は一万騎を二手に分けて、七千騎を西の方に、自分の三千の兵は一の谷の中でもいちばんの難所、鵯越《ひよどりごえ》＊に向かわせた。この崖の下に平家の城塞があるのであるが、まさに絶壁である。

「ここを案内出来る者はいないか。ここをどうやって下りていっていいか、わかる者はいないか」

義経の問いに、兵たちは黙り込む。すると武蔵国《むさしのくに》の武士、別府小太郎《べっぷのこたろう》が一歩前に出る。

「父が申したことがあります。敵に襲われたり、山越えの狩りをして深い山に迷った時は、老いた馬が歩くにまかせよ、きっと道に出るだろうと」

「なるほど、いいことを言う」

さっそく白葦毛《しらあしげ》*の老いた馬を歩かせてみると、まわり道のような山の奥に入っていった。季節は二月のはじめ、雪はまばらに残り、花もちらほらと見える。そのうち義経の片腕である武蔵坊弁慶《むさしぼうべんけい》が一人の猟師を連れてきて尋ねた。

「ここから一の谷へ馬で駆け下りていこうと思うがどうだ」

「それは絶対に無理でしょう。この絶壁は人の通れるところではありません。ましてや馬で駆け下りるなどとは、到底出来るはずがございません」

「では谷は鹿が通るか」

「鹿は通ります。暖かになりますと、雪の浅いところで餌をあさろうと下りていきます」

「それならば馬場同然であろう。鹿の通うところを馬の通えぬわけはない」

その猟師に先導させようとしたのであるが、もう年をとっているからと十八歳になる息子を差し出した。

一方、義経の軍と分かれて西方から攻める七千騎の軍では先陣争いが始まる。勇敢なことで知られる熊谷次郎直実《くまがえのじろうなおざね》、小次郎直家《こじろうなおいえ》親子と、平山武者所季重《ひらやまのむしゃどころすえしげ》が先を競った。彼らはたった五騎で向かっていく。源氏の者たちは馬を大事にする。よく餌を与え、飼い慣らし自由自在に操ることが出来る。

これにひきかえ、平家の馬たちは長い戦いで痩《や》せて疲れ果てていた。平家は馬に乗る者は少なく、城塞からただ矢を射るばかりである。しかもその矢は味方の軍勢にまぎれてしまい、熊谷親子には当たらない。

熊谷直実はたちまち馬で敵軍の中に割って入っていく。平山季重も負けてはいない。二人の奮闘でやがて城の門が開いた。

そのうち後ろに続く源氏の将たちが、次々と名乗りをあげて城の中になだれ込んだ。誰もが大音声《だいおんじょう》をあげ、出自と名を叫ぶので、平家の者たちは震えあがる。といってもこちらも名乗らないわけにはいかない。

やがて双方の声は山に響き、馬の走る音は雷のようにとどろいた。矢は雨のように降り、源氏平家相乱れての修羅場となっていく。勝敗はなかなかつかなかった。

その朝、義経は鵯越の崖の上に立ち、谷底の城塞を見わたしていたが、やがて言った。

「馬どもを駆け下りさせてみよう」

鞍を置いた馬を追い落としたところ、ある馬はすぐに足を折って転げ落ちたが、無事に下りていく馬もいる。

「よし、出来る。皆の者、駆け下りよ。私を手本にせよ」

と言い、義経は三十騎と共に下りていった。しかし最後にいちばんの難所が控えていた。苔《こけ》むした巨大な岩が垂直に切り立っている。みな、茫然《ぼうぜん》となった。もはや上に戻ることも出来ず、下りるしかないのだ。

しかし相模国《さがみのくに》、三浦の武士佐原十郎義連《さはらのじゅうろうよしつら》が進み出た。

「我ら三浦一族の者は、朝夕このようなところを駆けまわっております」

先頭に立って駆け下りたので、みなそれに続いた。まさか後ろの絶壁から義経に伴われた三十騎に続き、さらに三千騎もの軍勢が次々と下りてこようとは思ってもみなかったのだろう。平家は全く油断していた。源氏はすぐに火をはなち、平家の屋形《やかた》、仮屋《かりや》を焼きはらった。その時風は激しく、黒煙に追われ、平家の者たちは次々と海に逃げた。

浜辺にはたくさんの船が泊まっていたが、鎧《よろい》をつけた武者たちに大勢乗り込まれてはたまったものではない。重みで三艘《そう》がすぐに沈んでしまった。

越前三位通盛は、山の手を守る大将軍であった。その日の装束は赤地の錦の直垂《ひたたれ》に、唐綾《からあや》縅《おどし》*の鎧であった。乗っていたのは黄河原毛《きかわらげ》*の馬だ。敵に追われ、静かなところで自害しようとしたが、すぐに敵七騎に囲まれた。剛の者と知られていたが、敗者になるとあっけない最期であった。

義経は平家の主だった者たちの名を書き出してみた。

越前三位通盛、その弟の蔵人大夫業盛《くろうどのたいふなりもり》、薩摩守忠度、武蔵守知章《むさしのかみともあきら》、無官大夫敦盛《むかんのたいふあつもり》……と十人になる。いずれも公達《きんだち》と呼ばれる者や大将だ。戦いの如何《いかん》によっては、自分がこの紙にその名を書かれる側になっていたとしても何の不思議もない。

激闘であった。あの時、自分が勇気をふるい、絶壁を下りていったことで、天は簀子の勝ちの目を振ってくれたのである。

義経にとって死は親しいものになった。が、親しくても自分に寄り添うことはない。死とは自分が他者に与えるものなのである。

おそらく自分は、寿命が尽きるまで勝ちの目が出るだろうと義経は思う。

夫の死は供《とも》の武士から伝えられた。

「通盛さまは湊川《みなとがわ》*の川下で、敵七騎に取り囲まれ、お討ち死になさいました。私もその場で最後のお供をすべきでしたが、かねてよりおっしゃっていたのは、『私が討たれてもお前は命を絶つな、どんなことをしても生き延びてこのことを北の方に伝えよ』ということでございました」

かつて女房として仕えていた時の呼び名から、小宰相《こざいしょう》と呼ばれる北の方は、何の返事もせず衣を引きかぶって泣き続けた。

「決して最後まで、望みをお捨てになってはいけませんよ」

と乳母《めのと》は慰めてくれる。

「戦いでは誤った知らせが届くのはよくあることでございます。どなたかと見間違える、ということもありますから」

しかし四、五日が過ぎても、生きている、という知らせはなかった。

あれは一の谷の戦い前日のことであった。通盛は船の上で暮らす北の方を、こっそりと一の谷の仮屋に呼んだのだ。これを知った弟の教経は大層怒った。

「兄上は九郎義経がどれほど手強い相手かご存知でしょう。兄上は山の方面の大将なのですよ。もし、義経が鵯越を下って攻めてきたらどうなさるおつもりか。そんなことが出来るはずはないと安心しておいでだから、北の方と睦《むつ》み合ったりするのでしょう」

その伝言を聞いた夫は確かにそうだと考えたのだろう。急いで武具を身につけ、自分を帰したのである。

しかしいくら怒りを買おうと、あの最後の逢瀬《おうせ》のなんと幸せなことだったろうか。

あの時夫は、大層心細気に何度も私に言った。もう自分は覚悟を決めたけれど、一人残されるあなたはどうなるのだろうかと。一門の者たちと海に逃げて、ゆらゆらと暮らしている、あなたのことが本当に心配だと。そして北の方は勇気を出して打ち明けた。自分の体の中に、新しい命が宿っていることをだ。各地を転戦していた夫に知らせるかどうか、ずっと迷っていたことであった。

すると夫は驚喜した。

「自分はもう三十になるのだが、今まで子どもというものがなかった。ああ、男子であったらどんなにいいだろう。この世に生きたあかしになるだろうに」

そして船の上にいることが、体にさわりはしないかといろいろ心配を始めたのである。

あの時の喜びに輝く夫の顔や、やさしい心遣いを思い出して、また北の方はさめざめと泣いた。

考えてみると、自分ほど愛された女がいるだろうか。それはまだ北の方が小宰相と呼ばれて、上西門院《じょうさいもんいん》さまに女房としてお仕えしていた時だ。十六歳になったばかりであったが、小宰相の際立った美貌《びぼう》は、宮中でも有名であった。

ある春のこと、上西門院さまのお供で法勝寺《ほっしょうじ》の花見に行ったところ、やはり供奉《ぐぶ》していた通盛に見初められたのである。

通盛はそれからかたときも小宰相のことが忘れられず、毎日のように歌と熱い言葉を綴《つづ》った手紙を届けるようになった。しかし小宰相は受け取ることはしなかった。今をときめく平家の公達に気遅れしていたし、こんなことにうかうかと乗る女と思われたくもなかったからである。

こうして三年が過ぎた。さすがの通盛もそろそろ諦《あきら》めなくてはならないと心に決めた。そして思いのたけを綴った最後の手紙を小宰相のところに届けようとしたのであるが、いつもは取りついでくれる女房が留守をして、使いの者はむなしく帰ろうとした。ところがどうした偶然だろうか、大路《おおじ》を歩く使者の前を小宰相の車が通るではないか。実家に里帰りしていて、御所に戻るところであった。使者は思いきって、通盛の手紙を車の簾《すだれ》の中に投げ入れたのである。

小宰相は驚いて手紙を開けてみると、いつもの通盛からの手紙である。大路に捨てることもはばかられ、袴《はかま》の腰にはさんだまま御所に戻った。

ところがあちこち動いているうちに、その手紙を落としてしまったのだ。それを拾われたのはなんと上西門院さまである。上西門院さまはこれをお読みになり、まわりの女房たちにお尋ねになった。

「珍しいものを手に入れました。これは誰の手紙でしょうか」

女房たちは皆、知りません、と答える中、一人顔を赤らめていたのが小宰相であった。通盛が小宰相に執心していたのは、上西門院さまも知っていたのであらためてこの手紙を読むと、文面といい、筆跡といい見事なものであった。焚きしめた香もよりすぐったものだとわかる。

最後に歌がしたためられていた。

我《わが》がこひは細谷河《ほそたにがは》のまろ木ばし
ふみかへされてぬるる袖《そで》かな

私の恋は細い川にかかる丸木橋のようなものです。通る人に何度も踏み返されて水に濡れるように、何度も文《ふみ》を返されて私の袖も涙に濡れています、という歌は、上西門院さまの心に触れたのだろう。

こんなことを小宰相におっしゃった。

「あまりにも強情だと幸せにはなれませんよ。小野小町《おののこまち》をご覧なさい」

小野小町は六歌仙《ろっかせん》の一人に選ばれた歌人であるが、絶世の美女として知られていた。しかし確か小野小町は、一人老いさらばえた老婆となり、人々の嘲笑《ちょうしょう》の的になるのではなかったろうか……。

「これはどうしても返事を書かなくてはいけません」

と上西門院さまはなんと畏《おそ》れ多くも、御自分で返事をお書きになったのである。

ただたのめ細谷河のまろ木橋
ふみかへしてはおちざらめやは

ただいちずに思ってください。細谷河の丸木橋を踏み返していたら落ちないことがありましょうか。文を返していても、あなたのもとに落ちて、あなたのお心にしたがうかもしれません……。

通盛が有頂天になったのは言うまでもない。ただちに文が交わされるようになり、小宰相は通盛の妻となったのである。

いわば上西門院さまのお心遣いで結ばれた二人であるが、すぐに深く愛し合うようになる。この世の権力をすべて掌握しているかのような平家の公達が、自分に求愛していることに最初はおじけづいていた。なにより通盛には、もう一人妻がいたのである。平宗盛《たいらのむねもり》の娘だから、通盛には従兄弟の娘にあたる。世間でも重く扱われていた妻だった。が、通盛はすぐに小宰相と一緒に暮らすようになる。やがて小宰相の方が「北の方」と呼ばれるようになった。北の方とは、正妻という意味である。

平家一門が都から逃れ、西海の海の上で漂い始めてから、小宰相は、通盛のもうひとりの妻と何度も会っている。とても若い愛らしい女だ。小宰相とわかると、軽く会釈をしたりもする。都に住んでいる時ならば、決して平静ではいられなかったかもしれないが、ここではもはやみながが敗者であり逃亡者でもある。運命をともにしている女二人である。通盛を案ずる気持ちも同じだったろう。しかし小宰相だけ、決戦の前に通盛に呼ばれていた。そのことをあの方はどう思っているだろうかと思うと、小宰相は恥ずかしくてたまらなかった。

が、もはやそんなことはどうでもいい。通盛はこの世にはいないのだ。小宰相は、夫の顔や声、さまざまなものを甦《よみがえ》らせる。優美な美男子揃いの平家の公達の中で、通盛はやや武骨なことで知られていた。線を描くような細い目に、顎《あご》が張っていた。しかしそれが男らしさや頼もしさをかもし出している。教養も深く、歌もたくみであった。最後に自分の髪をいつまでも撫《な》で、どれほどいとおしく思っているかとささやいてくれたことを思い出すと涙はいくらでも溢れてきた。

が、涙をぬぐっているうちに心が落ち着いてきた。それは諦めたからではない。ある決意がはっきりと芽ばえてきたからだ。

夫を失うのは耐えられなかった。夫がいない世界で生きることは到底出来そうもない。それだったら、自分があの世に行けばいいのである。

乳母はまるで呪文のように繰り返した。

「どうかあなた一人のことを考えてはなりません。身二つにおなりになり、静かに幼き人をご養育なさるのです」

少女の頃から一緒だった乳母《めのと》に、小宰相は胸のうちを明かした。

「通盛さまのことが、まどろめば夢に見え、目が覚めれば面影が浮かぶ。生きながらえて亡き人をずっと恋しく思い続けるよりも、今の私はただ水の底に入ろうと思っているのですよ」

「とんでもない」

乳母は泣きじゃくった。

「どうか生き延びて、通盛さまの初めてのお子をお産みになってくださいませ」

「いや、いや、女は子を産む時、十に九つは死ぬというではないか。それより私は早くあの世に行きたい。通盛さまにお会いしたいと、そのことばかり考えているのです」

「なんと情けないことをおっしゃるのか……」

乳母は小宰相の手をとった。母代わりというよりは姉のような存在の女であった。

「幼い子をふり捨て、年老いた親も都に残して、ここまでお供をしてまいりました私の思いを、いったいどのようにお考えなのでしょうか。これからどこかへ逃れて、幼い方をお育てし、ご出家なされればよいのですよ。亡き方の菩提《ぼだい》を弔うのは、妻のお役目ではありませんか。どうか朝に晩に仏の御名《みな》をお唱えになってください。そもそも亡き人とあの世で一つ道、と思っても、六道四生《ろくどうししょう》*のどの道においでになったかわからないではありませんか。行き逢うのも難しいことですよ」

人は生きている時の業《ごう》によって、次は何に生まれ変わるかわからない。もしかすると人間にはなれないかもしれないと乳母は言っているのだ。

「仏道では、自ら命を絶った者は決して極楽にゆけぬというが、それでも私は、通盛さまと極*楽のうてなで一緒になることをひたすら願ってやむことがない。あなたを一人残すことはつらいけれども、どうか私の菩提《ぼだい》を弔っておくれ。書きおいた手紙は都の親に届け、私の装束は弔い料にどこかの僧に与えてほしい」

「ああ、なんと情けないこと！」

ついにはうつぶした。

「何をお考えになり、このように恨めしいことをおっしゃるのですか。そこまで強くお心に決めたのなら、どうか私を千尋《ちひろ》の底までお連れくださいませ。私は北の方さまなくして、かたときも生きながらえようとは思いません」

「わかりました」

小宰相は深く頷《うなず》いた。もうこの終わりのない会話は、やめにしたい。

「私があの世に向かう時には、必ずあなたにも知らせましょう。もう夜も更けてきました。さあ寝ましょう」

狭い船底に二人は衣をかぶって横になった。通盛の死を知ってからというもの、小宰相が湯水さえ口にしていないのを乳母は知っていた。お腹の子に悪い、と言っても頑として受けつけないのだ。

心配でたまらない。本当にご入水《じゅすい》する気だろうか？　乳母は傍《かたわ》らに横たわる小宰相の髪をさぐった。流浪の暮らしで苦労していても、それは黒々とした艶《つや》を保っていた。暗闇の中で手を伸ばし、たぐり寄せた。冷たい髪であった。手首に巻く。そうすることでこの世に引き止めるつもりであった……。

船の上で小宰相の眠りはいつも浅い。板に敷物だけなのは我慢するとしても、ゆらゆらと波に揺れるのには慣れることはなかった。

通盛もこのことを最後まで気にかけていた。お腹の子にさわりはしないかというのだ。乳母は泣いてかきくどいた。生まれてくる子どものために生き抜くのだと。しかしまだぴくりとも動かない子どもに、愛情などはわかない。それよりもひたすら夫が恋しいのだ。

小宰相は起き上がる。船底は明け方前の濃い紫色の光がさし込んでいた。ふと小さな痛みを感じその先を見る。自分の髪を乳母が幾重にも手首に巻いていた。寝息を立てている乳母に気づかれないように、小宰相は静かにほどいた。

そして再び通盛のことを思い出した。寝所《しんじょ》で目覚めた小宰相を行かせまいと、よく髪をこのように手首に巻きつけていた。小さなこぜり合い、忍び笑い、懇願、そして強い力で褥《しとね》に引き戻されたいくつかの朝……。

もう一度通盛に会うのだ。もはや何のためらいもなかった。乳母も腹の子も、小宰相を引き止めはしない。

船端《ふなばた》に出た。今は水夫《かこ》もどこかで眠っている。朝日もまだだ。海はただ広くうねっていて、どちらが西かわからなかった。いつも月が沈む山の端《は》を、西方浄土《さいほうじょうど》の空と思うことにした。

静かに念仏を唱えた。いつの間にか千鳥の鳴き声や、遠く海峡を漕《こ》いでいく船の音が聞こえてくる。

声を忍ばせて念仏を百ぺん唱える。

「南無西方極楽世界の教主《きょうしゅ》、阿弥陀如来、どうか私を浄土にお導きください。そして恋しい夫と必ず、極楽浄土の一つ蓮《はちす》の上で会わせてください」

そのとたん、死はこのうえない甘美なものとなり小宰相は、あぁ、と声を漏らした。

そして海に身を投げた。

結、阿波内侍

壇《だん》ノ浦《うら》で平家が滅び去った次の年、後白河《ごしらかわ》法皇は建礼門院《けんれいもんいん》を訪ねることを思い立った。

いや、思い立った、というのは正確ではない。建礼門院が出家して、山里に暮らしていると聞いてから、一度会わなくてはならないという思いは、日増しに大きくなっていったからだ。

そしてその思いを抑えつけ、

「行かずともよいではないか」

と考えようとすると、さらに苦い嫌なものが込み上げてきて、法皇の胸を重くした。自分でも驚くほどだ。

死んだ平家の者たちが夢に出てきたわけではない。清盛《きよもり》などたまに思い出すぐらいだ。平家が滅んですぐの頃、都では大きな地震があり、人々は祟《たた》りだと口にしたが、法皇は意にも介さなかった。こんなことを気にしていたら、どうして今、生き残って権力の頂点にいることが出来るだろう。うまくうまく、危ういものからすり抜けてきたのだ。そして後白河法皇にとって、いちばん危ういものが平家であった。法皇の人生は、常にこの危ういものと一緒だったといってもいい。

ある時から平家は同志となり、後援者となった。平家はやがては、後白河法皇の身内にもなる。少し前なら考えられなかったことであるが、貴族の下にあるはずの武士*の娘が、天皇の后《きさき》になったのだ。その娘は皇子を産み、やがてその皇子は天皇となり、清盛は帝《みかど》の祖父という地位を得る。

図に乗ったのは清盛の方だ。彼のために何度ひどいめにあったことだろう。軟禁されたことさえある。

ゆっくりとではあるが、味方は敵になっていった。敵になったから当然のことをした。後白河法皇は、義仲《よしなか》に、義経《よしつね》に、頼朝《よりとも》に院宣《いんぜん》を与え、平家を討つようにと命じたのだ。そして平家の一族は海の底に沈んでしまった。残った者たちは、たとえ幼子であろうと、男児は首を刎《は》ねられた。

平家の者たちは自分のことを恨んでいるだろうか。恨んでいるに違いない。それを確かめるためにも、法皇は建礼門院に会いたいのだ。

これが男であったら、さぞかし怒りや呪詛《じゅそ》の言葉を口にするであろう。が、建礼門院は女のうえに、法皇とは舅《しゅうと》、嫁という関係であった。おそらくひかえめな恨みに終わるに違いない。それならば自分もそう罪悪感を持たずに会えるはずであった。

何よりも後白河法皇は知りたいことがいくつもあった。壇ノ浦で、どのような戦いが行われたのか。実際のところ幼帝*のご最期はどうだったのか。今都では、すさまじいほどの噂《うわさ》が出まわっているが、その真偽を確かめるすべはない。平家の男たちはあらかた死んでいたし、都に戻された女たちは口をつぐんでいる。勝者の源氏の兵士と法皇とは接触がない。源氏の大将、頼朝もまだ上洛《じょうらく》してこなかった。

そして、これは決して口には出来ないことであるが、法皇は卑しい好奇心をどうすることも出来ないのである。

壇ノ浦から二ヶ月もたたないうちに、建礼門院は髪をおろして出家した。その時立ち会ってくれた僧に、お布施として渡すものが何もない。建礼門院は泣き泣き、安徳《あんとく》天皇の形見の衣を差し出したというのだ。本当だろうか。法皇が知っている建礼門院は、たくさんの者たちにかしずかれ、宮中で栄華の中にいた。父の清盛が、日宋《にっそう》貿易で得た巨万の富を、娘にそそぎ込んでいたのだ。宮中での地位の重さや豪奢《ごうしゃ》な暮らしは、どんな内親王でも真似出来なかった。

そのことがまだ徳子《とくこ》と呼ばれていた建礼門院を、権高《けんだか》な女にしていたのだと後白河法皇は考える。それは高倉院《たかくらいん》が亡くなる直前のことだ。法皇との関係に不安を感じ始めていた清盛は、徳子に言った。後白河法皇のところに入内《じゅだい》する気はないのか。それは命令ではない。父からの気弱な提案であった。

しかし徳子は怒り嘆いたのだ。なんと怖《おそ》ろしいことをおっしゃるのか。息子が死んだら、その父の妻になれというのか。もしそんなことを本気で口にするのならば、今、この場で私は髪をおろし出家すると。

それまでおっとりとした姫君だとばかり思っていた徳子の剣幕にみな驚いたものだ。結局その話は立ち消えになってしまった。法皇に「好色な」という陰口をうっすらとつけて。

徳子にそれほどの執着があったわけではない。美しい女なら他にもいた。現に今、後白河法皇の第一の寵妃《ちょうひ》である丹後局《たんごのつぼね》*は、息を呑《の》むほど華やかな美貌である。局と比べれてみれば、徳子は平凡な、という表現はまぬがれない。

それでも法皇が、清盛からの入内の話を諾《だく》としたのは、清盛の娘を抱いてみたい、という卑俗な思いからであった。徳子にはそれがわかっていたに違いない。だから平家のためと言い含められても、激しく自分を拒否したのだ。

後白河法皇はそれを見抜いた徳子を、憎いと感じた。今ならはっきりとわかる。あの時のいまいましさは憎しみ以外の何ものでもなかった。今それは同情というものに変わり、建礼門院に与えられようとしている。法皇はそのことに満足していた。少なくとも、建礼門院に会うことに対して、男女の複雑さは消滅しているのである。

が、丹後局は、法皇がふと口を滑らせると、

「今さらそんな」

と嫌な顔をした。

「法皇がいらしたところで、建礼門院さまもお困りになるだけでございましょう」

「そうだろうか」

「ご自分の今のありさまを、お見せになりたいはずがありません」

「建礼門院も、もはや仏門に入られた身ならば、そんな現世《げんせ》のありさまなど気にされないであろう。仏の弟子同士、しみじみとこしかたゆくすえをお話ししたいだけだ」

「それでもお喜びにはなりますまい」

ぴしゃりと言った。

「いちばん恨んでいる方でありましょう。その方がいらしても、どんな話をすればいいのかとまどわれるに違いありません」

「が、行かなければなるまい」

それで心が決まった。

建礼門院は最初、東山《ひがしやま》のふもと、吉田《よしだ》*のあたりの僧坊に住んでいたのであるが、今は大原《おおはら》の寂光院《じゃっこういん》*というところに庵《いおり》を結んでいる。そこは鹿も来るような山の奥だという。思い立ったものの、二月三月はとても風が激しく、寒さも残っている。峰の雪も消えていないというので、後白河法皇は夏まで待った。そして賀茂《かも》*の祭りが終わった頃、御幸《ごこう》が実現した。

予想していたことではあるが、何人かの貴族が同行を願い出た。徳大寺《とくだいじ》、花山院《かざんいん》、土御門《つちみかど》*といった公卿《くぎょう》が六人、殿上人《てんじょうびと》が八人である。さらに警護のために北面《ほくめん》*の武士が数人ついた。お忍びの御幸ということで、法皇につき添う者たちは最小限にしていたが、それでも三十人近い人数となった。行列は夜の明けぬうちに御所を出発し、鞍馬《くらま》通りを通っていく。

天気もよく、初めての道のりとあって行楽気分になるのもいたしかたないことであった。一行は補陀落寺《ふだらくじ》*や小野皇太后宮《おののこうたいごうぐう》*の旧跡を、もの珍しく見物した。

途中休憩した時には、ご膳の他に多少の酒も供されて、みな饒舌《じょうぜつ》になっていく。

「ご苦労をされたとはいえ、女院《にょういん》は相変わらずのお美しさだろうか」

はしたないことを口にする者さえ現れた。

しかし建礼門院は、儀式の時はたえず御簾《みす》の奥深くいたので、彼らが姿を知っているはずはない。近くで顔を見たことがあるのは、舅である後白河法皇だけであった。法皇は、建礼門院の顔を思い出す。品のいい綺麗《きれい》な顔立ちであるが、美女は宮中にはいくらでもいる。

不意にある光景が甦《よみがえ》る。それは純白の衣を身につけ、出産の苦悶《くもん》と戦っている建礼門院である。法皇自ら経を唱えるために、産屋に近づいた時にちらりと見た姿だ。実はそのために、自分は建礼門院にいっとき固執したのかもしれなかった……。

「女院も髪をおろされたからには、昔の趣はありますまい。敵の大将さえ心を奪われた花の顔《かんばせ》は、どうなりましたやら」

ある者の軽口に、みながうっすらと笑った。壇ノ浦で海から引き上げられた建礼門院は、源氏の手に渡った。そこに敵の大将義経が毎晩通っていたという噂を、都の者たちはみな知っていた。兄、頼朝が義経追討の命令を出したのも、原因のひとつに建礼門院と無理やり通じたからだというのだ。

後白河法皇がこのような戯《ざ》れ言《ごと》に、はっきりと不快な表情をされたので、一行もそれきりおし黙った。

一行は夏草の中を進んでいく。まさか御幸などあるとは思わず、草は刈られていない。めったに人の通らないところなのだろうと、法皇は哀れ深くご覧になった。

のぼり坂がしばらく続く。西の山のふもとに小さな御堂があった。他に建物がないので、そこが寂光院だとすぐにわかる。古めかしい庭の池や樹々の植え込みが、由緒ある寺だということをあらわしていた。

青々と茂った夏草といい、長いままの青柳といい、ここがあまり手がかけられていないことがわかる。が、みすぼらしい印象を持たないのは、今が盛りの花々の美しさのためである。池の中島の松に、紫の藤がからんでいる。青葉の中には、遅い桜も見えた。岸辺には山吹が重なり合うように咲き乱れていて、一行は思わず息を呑んだ。まるで法皇を待っていたかのように、雲の切れ間から山ほととぎすの声も聞こえてくる。

そんなつもりはまるでなかったのであるが、後白河法皇の口から歌が漏れた。

池水にみぎはのさくら散りしきて
なみの花こそさかりなりけれ

池のほとりの桜が水に散っていて、池の上が今、花盛りになっている。

都に住む人々は、もの珍しくあたりの光景を眺める。法皇は以前、半ば連れ去られるようにして、平家の者たちと鳥羽《とば》や福原《ふくはら》*に向かったことなどを思い出した。あの時はまわりの景色を見る余裕などまるでなく、ただ御輿《おんこし》の中で目を閉じていた。そして今、自分を非道なめにあわせた一族の末裔《まつえい》を訪ねる旅で、このような景色を見るとは。

目を遠くに向けると、緑の蔦《つた》かずらの垣の向こうに、眉墨《まゆずみ》のように沈んだ緑の山が見えた。絵画でもこんな美しい山を見たことはなかった。

が、次に建礼門院の住む庵に目をこらすと、とてもひなびた、という言葉だけでは言いあらわせない。軒には蔦や朝顔の蔓《つる》が這《は》って、忍草《しのぶぐさ》に混じって忘草《わすれぐさ》が生えている。屋根を葺《ふ》いた杉の皮もまばらになり、これでは雨も月の光もふせぐことは出来そうもなかった。

このような場所にやってくる者もまれだろうと思われた。

後白河法皇は自ら声を出した。

「誰かいないか。誰かいないのか」

が、すぐお答えする者もいない。かなりたってから老いた尼がよぼよぼと歩いてきた。

「女院はどこかにお出かけなのか」

と聞くと、

「この山の上に、お花を摘みに行ってらっしゃいます」

法皇は驚いた。そのような下々のする仕事を、建礼門院がしているとは想像もしていなかったからだ。

「お仕え申す者はいないのか。いくら人里はなれたところにお住まいとはいえ、あまりにもおいたわしいことではないか」

すると腰の曲がった尼は、意外にもはっきりとした口調で答えた。

「女院は五戒《ごかい》を守り十善《じゅうぜん》*を実行なさっていましたが、その徳がもう尽きてしまわれましたので、今、現世でこのような苦しいめにあわれていらっしゃるのです。女院はすべてをご修行と考えているのですから、どうして身を惜しむことがありましょう。お釈迦《しゃか》さまは、十九歳で伽耶《がや》城をお出になり、檀特山《だんどくせん》のふもとで、木の葉を重ねて衣とし、嶺《みね》にのぼって薪《たきぎ》をとり、谷に下って水を汲み、難行苦行《なんぎょうくぎょう》の末に遂に悟られたというではありませんか」

見事な弁舌を口にする尼のなりといえば、絹とも麻とも見分けられぬようなものをつぎ合わせて着ている。都でこれほどみすぼらしい衣を見たことはなかった。

「いったいお前は、どういう素性の者なのか」

と思わず尋ねると、尼はさめざめと泣き出して、しばらくはお返事も出来ない。

「申し上げるのは畏《おそ》れ多いことでございますが、私は故少納言入道信西《しょうなごんにゅうどうしんぜい》*の娘で阿波内侍《あわのないし》と申します。母は紀伊二位《きのにい》といいました。あれほど御寵愛《ごちょうあい》をいただいていました者の娘であるのに、誰かと問われる自分の身の上が悲しくてなりません。あまりにもおちぶれているので、おわかりにならないのはもっともなことだと思いますが……」

後白河法皇は建礼門院に仕えていた、若く美しい女房のことを思い出した。

「そなたは阿波内侍だったのか……」

あまりにも変わり果てた姿に、阿波内侍の母親の姿を重ねようとしたが無駄だった。紀伊《きの》局《つぼね》は、法皇がまだ即位の見込みなどない皇子だった時から、心をこめて仕えてくれた乳母《めのと》であった。法皇が鳥羽に幽閉された時も、たった一人ついてきてくれた女性《にょしょう》である。が、目の前の女は、あの時の母親よりもはるかに年をとっているではないか。まるで紀伊局の母のようだ。

法皇はしばらく言葉が出ない。やがて気を取り直して、

「夢のようだな……」

とつぶやいた。目の前の女のあまりもの変わり様に、他の言葉が見つからないのだ。

法皇はそれ以上尼といるのがつらくなり、立ってあちこちをご覧になる。勝手に庵室《あんじつ》の中にも入った。ひと間には来迎《らいごう》*の三尊の像がおさめられている。中央は阿弥陀如来だ。手には五色の糸がかけられている。

宮中では高価な蘭麝《らんじゃ》がたきしめられていたが、今は仏間から漂ってくるのは、簡素な香だけである。

襖《ふすま》にはさまざまな経典の中から、特別に取り出した経文を色紙に書いたものが貼られている。中には建礼門院が書いたと思われる一首があった。

　おもひきや深山《みやま》のおくにすまひして
　雲ゐの月をよそに見んとは

かつて宮中で見た月を、こんな深い山の奥に住んで見ようとは、思いもよらないことであったな……。

あまりにも平凡な歌に、法皇は少々鼻白《はなじろ》んだ。そしてこのような感慨をわざわざ色紙にして飾っておく建礼門院の真意をはかりかねた。

だからずかずかと寝所《しんじょ》の中にも入っていった。寝所といっても、仏間の隣の片すみである。竹のさおに麻の衣がかかり、紙の夜具が置かれていた。どれも粗末というよりも、人の使うものとは思えない頼りなさだ。かつて建礼門院の衣装は華美なことで知られていた。本邦のみならず、宋《そう》から取り寄せた布でもつくる。綺羅《きら》を尽くした衣装だ。そのすべてが消え去ったのだと、今さらながら供してきた者たちは涙を流した。晴れの日の建礼門院が甦《よみがえ》る。お顔を直接見ることは出来なくても、車や御簾《みす》の隙間から垣間見る衣装の見事さ、香のかぐわしさ、若い女房たちの笑い声。今その代わりにあるものは、布の灰色の衣と老いた尼だけであった。

後白河法皇もあまりのことに目頭をぬぐう。そして目を上げると、山の上から二人の尼が下ってくるのが見えた。二人とも同じような濃い墨染めの衣を着ている。

「あれは誰なのだ」

うつむいたまま老いた尼は言った。

「花籠をひじにかけ、岩つつじをお持ちになっているのは女院でいらっしゃいます。薪用の小枝にわらびを添えて持っていますのは、鳥飼《とりかい》の中納言伊実《これざね》*の娘で、五条大納言《ごじょうのだいなごん》の……」

大納言佐《だいなごんのすけ》と言いかけて泣いてしまった。

女院は法皇の一行を見つけ、しばらくは茫然《ぼうぜん》と立っていたが、やがて意を決して静かに下りてきた。そして法皇の前に立った。

二人は向かい合う。建礼門院が阿波内侍のように老けもせず、醜くもなっていなかったので法皇は少し安堵《あんど》した。

建礼門院は言葉を発しないので、かつて阿波内侍と呼ばれていた老尼がうながす。

「もう世を捨てた女院をお訪ねいただいたのです。なんのさしさわりがありますでしょうか。このうえは早くご対面なさり、お帰りになっていただきましょう」

つまり早く帰れと言っているのであるが腹も立たない。確かにそのとおりだ。長居する理由も場所もなかった。

建礼門院は先に庵室に入り、後白河法皇を迎えた。いくらか落ち着いて数珠《じゅず》を手にしている。

「念仏を唱え、いつか仏がこの庵にご来迎いただける日を夢見ておりましたが、まさか法皇さまがおいでになるとは、なんということでしょう。とても信じられません」

「あまりにも山の中で、実は驚いているのですよ。誰かここに来ることはあるのですか」

「どなたも訪ねてくることはありません。隆房《たかふさ》、信隆《のぶたか》*の北の方からはときおり使いの者がまいります。まさかあの方たちの世話によって暮らすことになるとは思いませんでした」

二人とも建礼門院の妹である。今はこの人たちを頼りに細々と暮らしているのだ。

「このような身になりましたのは、つらいことではありますが、極楽往生のためにはよいことだったのかもしれません。ひたすら一門の冥福《めいふく》を祈り、阿弥陀三尊のお迎えをお待ちしています。と申しましても、いつまでも忘れられないのが先帝のことです。その悲しみはどうしようもありません」

安徳帝の最期は、後白河法皇も聞いていた。母親の前で、祖母とともに海に沈んでいったのだ。そしてそこまで平家を追い込んだのは、他ならぬ法皇なのである。

法皇は我ながら白々しいとは思ったが、こう言わずにはいられない。

「人の世のはかなさというのは、今さらながら驚いてしまいます。しかしながら仏法があまねく広がっているこの世で、修行に励みさえすれば、きっと来世は極楽に行けるでしょう」

するとたんに建礼門院は饒舌になった。頬《ほお》に赤味がさし、歌うように語り出す。

「私は平相国《へいしょうこく》の娘として生まれ、天子の母となりましたので、この世のことはすべて思うがままでした。季節ごとの衣装を着て、日々摂政関白以下の大臣公卿《くぎょう》にかしずかれていました。文武百官のすべて、私を仰ぎ尊ばない者はいません。清涼殿《せいりょうでん》、紫宸殿《ししんでん》の中で、春は桜を愛《め》で、真夏は泉のほとりで心をなぐさめ、秋は月を一人で見ることが許されませんでした。必ず盛大な月見の宴があるのです。雪が降る寒い日は、衣を重ねて暖かくすごしました。私は天上界の最高の暮らしをしていたのです」

それは法皇の知っている建礼門院の姿だった。

「けれども」

と声が震えた。

「それが寿永《じゅえい》*の秋の初めに、木曽義仲《きそのよしなか》という者が攻めてきて、一門の者たちはみな住みなれた都を追われました。福原の都も焼け野原となりました。そして昔は名だけしか知らなかった須《す》磨《ま》や明石《あかし》の海岸沿いを落ちていったのです。その後は筑前国大宰府《ちくぜんのくにだざいふ》からも追い出され、立ち寄るところもなくなりました。大宰府を追い出され、どしゃぶりの中、雨やどりをするすべもなく、逃げていくつらさといったらたとえようもありません。せめて帝だけでも輿にお乗せしようと、私も二位尼《にいのあま》も歩きました。庭さえも踏んだことがない女たちが、雨にうたれながら、ぬかるみの中を歩いたのです。はだしになり、転ぶ女も何人もおりました。が、取り残されたら死ぬしかありません。みな必死でまた起き上がり、泥だらけの顔で歩くのです。その頃です。清経《きよつね》殿が亡くなったのは……」

清経というのは、清盛の長男、重盛《しげもり》の三男である。建礼門院は、若く快活なこの甥《おい》を可愛がっていた。

「清経殿は、日本中どこへ行っても逃れようがないと、絶望の末、豊前国《ぶぜんのくに》で海に身を投げたのです。あの時に、私たちはすべてを悟ったのですよ。もう終わりが来ようとしていることを。私たちは船の中で夜を明かし、貢物もないので、帝や私の食事を調《ととの》えることが出来ません。食べ物が手に入ったとしても、水がないので料理をすることもかなわないのです。大海に浮かんでいるとはいえ、潮水ですから飲めるはずもありません。これこそが餓鬼道《がきどう》の苦しみだとわかりました」

建礼門院の語りはまだ続く。そしてかすかな節さえついていることに法皇は気づく。まるで経のようではないか。朝晩の勤行《ごんぎょう》の際、女院はこの繰りごとを頭の中で反芻《はんすう》しているのかもしれない。

初めて聞かされる話もあったが、法皇がよく知っているものもあった。

「しかしそんなつらさも一の谷での苦しみに比べたら、どうということもありません。あの戦いで、親は子に先立たれ、女は夫を亡くしたのですから。そして壇ノ浦でもはや今日を限りと思った時、二位尼が申し上げることがあると、私にこう言いました。『男が生き残ることは、千、万にひとつもあり得ないでしょう。たとえ生き残った者が、私たちの冥福を祈ってくれたとしても、たいしたことはありません。しかし女は違います。昔から女は殺さないきまりです。何とか生き長らえて帝の後世を祈ってください。そして私のあの世での幸せもお願いします』そうして、帝を抱いて、海に身を投げられたのです」

ですから私は、ここにいるのですよ、と建礼門院は言った。

「一度だけ夢を見たことがあります。東国の武士たちに捕らえられて都に上《のぼ》る時です。播磨国《はりまのくに》の明石の浦でうとうとと眠りました時に、先帝はじめ、平家一門の公卿殿上人がみな格式高い礼装で威儀を正して並んでいました。ここはどこでしょうか、と尋ねたら、竜宮城という答えがありました。何の苦もないところだというのです。ですから私はこれからもよく経を唱え、一門の菩提《ぼだい》を弔ってまいります。考えてみますと、私のように、この世で天上も地獄も見た者もいないでしょう。生きながら天上、人間、修羅、畜生、餓鬼、地獄という六道をすべて味わったのです。この私が仏の道に入るのはあたり前のこと。そう思えば覚悟もつくというものです」

法皇もこの言葉に涙をぬぐい、供奉《ぐぶ》してきた殿上人たちもみな、泣きやむことが出来ない。そうしているまに、尼がうつ寂光院の鐘の音があたりに響いた。夕日も西にかたむいている。

後白河法皇は別れを告げた。

「何かお困りのことがおありなら、どうか言ってほしい。私もまた訪ねてきましょう」

女院はかすかに微笑んだが、そんなことはあり得ないと口元が語っていた。

阿波内侍、大納言佐とともに、お見送りする。輿に乗り法皇は振り返った。すっくと立つ建礼門院の傍らに、腰の曲がった阿波内侍が見える。

思い出した。紀伊局に娘などいなかったことを。乳母であったが、紀伊局は添《そ》い臥《ふ》し、すなわち性の手ほどきをしてくれた女である。だからよく知っている。信西に嫁いでも娘は出来なかったはずだ。

もう一度振り返る。木立に隠れてもう女たちの姿は見えない。現実のことかと疑う思いにさえなった。女たちは黄泉《よみ》の国からこの日のためにやってきたのではなかろうかと。


が、建礼門院は確かにいて、この後三十年近く、六十歳まで生きた。寂光院の冬はあまりにも過酷で、その後都の近くの庵に越した。その際名を伏せて後白河法皇からの援助があったのであるが、建礼門院は気づかぬふりをした。

そして阿波内侍はさらに長く生きた。年下の大納言佐を看取った後は、尼寺に身を寄せ、ひっそりと暮らした。平家ゆかりの者とはいうものの、それなりの扱いを受けるようになったのは幸いであった。

ある時、婢《はしため》の一人がこんなことを教えてくれた。

「この頃、都で流行《はや》っているものがあります。盲《めし》いた琵琶《びわ》法師が、琵琶を奏でながら平家のことを語っているそうでございます」

聞いてみたい気もするが、なにやら怖ろしい。なにより法師を呼ぶ財がなかった。

そんなある日、信心深い近くの者が、阿波内侍にお布施としていくばくかのものを届けてくれた。平家の方々の供養にと言うのである。

驚いた。まるで琵琶法師を呼べと言っているかのようだ。

建礼門院の月命日の夜、内侍はこっそり法師を自室に入れた。

家々をまわる琵琶法師というからには、どんななりをしているかと思っていたが、案外こざっぱりとしていて剃《そ》りたての頭も清々《すがすが》しい。

「この頃、平家を懐かしむ方々が多くなり、私どもも呼ばれることが増えました」

「どんな話を語るのか」

「そうでございますね。人気がございますのが、那須与一《なすのよいち》*か壇ノ浦でございましょう」

壇ノ浦という名前を聞いただけで、内侍の体は震える。思い出したくもない。

「それと大原御幸《おおはらごこう》もみなさまがよく所望されます」

「大原御幸とな」

「後白河法皇が、山深く建礼門院をお訪ねになる場でございます。この世の無常がよくあらわれていると評判が高うございます」

撥《ばち》で打ち奏で始めた。太く重い声で歌うように語る。

*こなたかなたを叡覧《えいらん》あれば、庭の千種《ちくさ》露重《おも》く、籬《まがき》に倒《たふ》れかかりつつ、そともの小田《をだ》も水こえて、鴫《しぎ》たつひまも見えわかず……

琵琶法師の話は長々と続き、この世の無常を語り続けた。

かなり違っている。あの日、建礼門院さまはこれほど長く、仏道のことなど話してはいない。ただ短く、帝のご最期を話しただけだ。摘んできた花は、岩つつじではなく、藤のひと枝である。

おそらくあの場にいた殿上人の誰かが話し、そして誰かから誰かに長い時を超えて伝わったのだろう。

＊こしかたゆくするゑの事どもおぼしめしつづけて、御涙にむせばせ給ふ折しも、山郭公音信《やまほととぎすおとづ》れけれぱ、女院、

いざさらばなみだくらべん時鳥《ほととぎす》われもうき世にねをのみぞ鳴く

阿波内侍は泣いた。壇ノ浦以来、これほど激しく泣いたことはない。やっとのことで尋ねた。

「そなたが語ったのは何というものだ」

盲目の法師は答えた。

「平家物語と申します」

（完）

注解

序、治部卿局

ページ

六　＊**知盛**　平知盛。原典となる古典の「平家物語」では平清盛の三男。母は平時子《たいらのときこ》。

＊**北の方**　身分の高い人の正妻を呼ぶときの呼称。

＊**主上**　天皇を敬っていう語。ここでは第81代安徳天皇のこと。

＊**二位尼**　平時子。平清盛の正妻。尼御前《あまごぜ》とも呼ばれる。

七　＊**宗盛**　平宗盛。古典の「平家物語」では平清盛の次男。

＊**干珠島と満珠島**　山口県下関市の沖合、壇ノ浦にある二つの島。壇ノ浦の戦いで、このあたりに源氏軍の船が集結したとされる。

＊**紅梅襲**　平安時代の衣服である襲の色味で、表は紅色、裏は紫または蘇芳《すおう》色(紫がかった赤)。

＊**五衣唐衣裳**　十二単《じゅうにひとえ》のこと。十二単が袴・単・五衣・内衣《うちぎぬ》・表着・唐衣《からぎぬ》・裳《も》で構成されていることに由来する。

八　＊**二藍**　紅と藍とを重ねて染めた青みのある紫色。

＊**半尻**　貴族の子どもが着用した、裾の後ろが前よりも短い狩衣《かりぎぬ》(公家が着用した略服)。

＊**みずら**　この時代の少年の髪の結い方で、両耳のあたりで先を輪状にして結んだもの。

＊**三種の神器**　皇位の印として天皇が継承する三つの宝物。八咫鏡《やたのかがみ》、草薙剣《くさなぎのつるぎ》、八尺瓊勾玉《やさかにのまがたま》。

＊**尊成親王**　高倉天皇の第四皇子。後の第82代後鳥羽天皇。

＊**建礼門院**　平徳子《たいらのとくこ》。平清盛と、平時子の娘。高倉天皇の中宮。安徳天皇を産み、後にこう呼ばれるようになる。

九　＊**樋箱**　平安時代の貴族が使用した便器。

＊**あずま男**　粗野な関東武士。ここでは源氏の武士を指す。

一〇　＊**褥**　座るときや寝るときなどに下に敷く敷物。

一一　＊**寿永二年**　1183年。壇ノ浦の戦いの2年前。

＊**六波羅**　鴨川東岸の五条から七条にかけての一帯。六波羅第と呼ばれる平家一門の屋敷が立ち並んでいた。

＊**衆徒**　僧兵。

＊**重衡**　平重衡。古典の「平家物語」では平清盛の四男。

＊**通盛、教経**　平清盛の弟である教盛の嫡男、平通盛とその弟、平教経。

＊**行盛と忠度**　平清盛の孫、平行盛と、清盛の末の弟、平忠度。

＊**矢田判官代**　矢田義清《やだのよしきよ》。平安末期の武士。

一二　＊**大江山**　京都府北部。丹波地方と丹後地方の境界にある山。

＊**公達**　身分の高い者の子女。貴族の子ども。

＊**藤原忠雅**　平安時代末期の公卿。花山院《かざんいん》太政大臣と呼ばれた。

＊**公卿**　大臣と三位以上の貴族。上達部《かんだちめ》と呼ばれる。

＊**兼雅**　藤原兼雅。藤原忠雅の子。花山院の左大臣と呼ばれた。

一三　＊**相国**　相国とは太政大臣の中国風の呼び方。ここでは平清盛のこと。

一五　＊**後白河の院**　第77代後白河天皇。退位して上皇(院)となり、後に出家して法皇となる。

＊**「鹿谷」の密約**　京都東山鹿谷にあった僧俊寛《しゅんかん》の山荘で、後白河法皇の側近たちが平家討伐の密議を行ったとされる事件。

二〇　＊**殖子**　藤原殖子。

＊**高倉天皇**　第80代天皇。父は後白河法皇。

＊**小督**　高倉天皇の寵愛を受けた女房(女官)。

＊**修理大夫信隆**　藤原信隆。後白河院の近臣。平清盛の娘を妻とする。

二一　＊**法勝寺**　現在の京都市左京区にあった寺院。白河天皇の勅願によって創建。

*執行能円法印　平時子の異父弟。執行は寺院の庶務を中心的に執り行う僧職。

一、入道相国清盛

二四　*御一新　明治維新のこと。

二五　*明石覚一　明石検校《けんぎょう》覚一。室町時代初期の平家語りの名人。覚一の署名があることから「覚一本」と呼ばれる、語り本系の「平家物語」があり、後世に大きな影響を残した。

二六　*忠盛　平忠盛。

*地下人　清涼殿《せいりょうでん》の殿上間《てんじょうのま》に昇殿することが許されない者。

*葛原親王　平安遷都をした桓武《かんむ》天皇の皇子。葛原親王もしくは、その子の高見王が桓武平氏の祖といわれる。

二七　*鳥羽上皇　第74代鳥羽天皇。第一皇子の崇徳天皇に譲位して鳥羽上皇となる。後に受戒して法皇。

*三十三間の御堂　鳥羽上皇の命により平清盛の父＝忠盛が建てた千体観音堂のこと。後にこの堂を模して、清盛が後白河院のために現在の三十三間堂を建てた。

*髻　髪の毛を頭上で束ねた部分。

*瓶子　酒を入れ、注ぐのに使用する酒器。形状は、胴の部分が張り、注ぎ口が小さい。

二八　*金葉和歌集　平安時代後期、白河院の命によって編纂された勅撰《ちょくせん》和歌集。

*白河院　第72代白河天皇。院は退位後の呼称。長きにわたり院政を行う。後白河法皇の曽祖父。

三〇　*藤原公実　平安時代後期の公卿。白河、堀河、鳥羽3代の天皇に仕えた。

*御簾　宮殿や邸宅などの部屋に使われたすだれ。

三一　*美福門院　白河院の近臣、藤原長実《ふじわらのながざね》の娘、藤原得子《ふじわらのとくし》。鳥羽上皇の寵愛を得た皇后。

*近衛天皇　第76代天皇。鳥羽院の第八皇子。後白河法皇の弟。久寿2（1155）年没。

三二　*今様　平安時代中期頃から新しく流行した歌謡。

*十巻の本　雅仁親王、後の後白河法皇撰の、今様をまとめた歌謡集「梁塵《りょうじん》秘抄《ひしょう》」を指す。

三三　*白拍子　平安時代末期から鎌倉時代にかけて活躍した女性の芸能者。舞を主にしたが、今様も歌った。

*藤原頼長　平安時代後期の公卿。保元の乱で崇徳上皇と手を組むが、敗れて敗走中に亡くなる。

*保元の乱　保元元（1156）年に起こった内乱。皇位継承に不満をもつ崇徳上皇と後白河天皇が対立し、摂関家、平家、源氏もそれぞれに分かれ対戦。崇徳側が敗れる。

*重仁　崇徳上皇の第一皇子、重仁親王。天皇になることなく出家し、23歳で病没する。

*池禅尼　平清盛の父、忠盛の後妻。

三四　*陸奥新判官　源義康《みなもとのよしやす》。平安時代後期の武士。足利氏の祖といわれる。

*周防判官　源季実《みなもとのすえざね》。平安時代後期の武士。

*源義朝　保元の乱では後白河天皇側につき功績を認められるが、平治の乱では敗北し、殺される。頼朝、義経の父。

*清和源氏　第56代清和天皇の第六皇子、貞純《さだずみ》親王の子＝源経基《みなもとのつねもと》を祖とする源氏の一流。源義朝、頼朝につながる。

三五　*平治の乱　平治元（1159）年にあった内乱。

*二条帝　第78代天皇。後白河法皇の皇子。

*源為義　頼朝、義経の祖父。保元の乱の後、嫡男、義朝により処刑される。六条堀川に居住したため、六条判官と称された。

三六　*太皇太后宮　太皇太后は先々代の天皇の后のこと。ここでは藤原多子《ふじわらのたし》のこと。近衛天皇、二条天皇二代の天皇の后となる。

*御不例　貴人の病気に対して使われる表現。

三七 *六条帝　第79代天皇。二条天皇の皇子、後白河法皇の孫。
*建春門院滋子　平滋子。平時子の異母妹。後の高倉天皇を産んだことで平家一門の栄華の象徴的存在となる。
三八 *上西門院　鳥羽天皇の第二皇女。後白河法皇の同母姉。
*女御　上皇や皇太子の妃。
三九 *両寺の衆徒たちの事件　南都＝興福寺と北嶺《ほくれい》＝延暦寺の僧兵による衝突事件。古典の「平家物語」では「額打論《がくうちろん》」と題する章段で登場する。
*検非違使　平安時代の官職で、都の警察業務を担当した。
*西坂本　比叡山の西の麓の一帯。現在の一乗寺《いちじょうじ》、修学院《しゅがくいん》あたりを指す。
*御幸　上皇、法皇、女院が外出すること。
四〇 *近習　主君にそば近くで仕える者。
*西光法師　後白河法皇に仕える僧。俗名は藤原師光《ふじわらのもろみつ》。
四一 *殿上人　天皇の日常生活の場である、清涼殿の殿上間に登ること（昇殿《しょうでん》）が許された者のこと。天皇に謁見《えっけん》が許された。
*受領　現地に赴任して政務を行った地方官の最高位の者。
*大納言時忠　平時忠。平時子は同母姉、平滋子（建春門院）は異母妹。
四二 *嘉応二年　1170年。平清盛が太政大臣になった3年後。
*小松殿　平重盛が構えた邸宅。そこから重盛のことも小松殿と呼ばれるようになった。現在の京都市東山区上馬町の周辺にあったと想定される。
*蓮台野、紫野　蓮台野は現在の京都市北区の船岡山の西麓。紫野は船岡山北の一帯。
*大炊御門猪熊　大炊御門大路（現在の竹屋町通）と猪熊通の交差点。現在の二条城北あたり。
四三 *待賢門　大内裏を囲む塀にあった12の門のひとつ。
*随身　貴人の外出時に警護にあたった者。
*束帯　朝廷の儀式や公式な行事に着用した衣服。
四四 *禿　髪を短く切りそろえた子どもの髪型。
四五 *直垂　この時代に武士や庶民が着用した衣服。
*藤原成親　後白河法皇の近臣。妹は平重盛の妻、娘は平維盛の妻。
*吉備の中山　現在の岡山市内、備前と備中の境にある丘陵。
四六 *行幸　天皇が皇居から他所へ出行すること。
*鬼界島　鹿児島の南の海上にある島。平家討伐の謀議に加わった疑いで俊寛僧都《そうず》らが配流された島。
*御占　天皇の身体に注意を払うべき日を占い、上奏《じょうそう》する儀式。神祇官が執り行う。
*神祇官　律令制における官職。朝廷の祭祀を司った。
*陰陽師　律令制における官職で、陰陽五行《いんようごぎょう》説に基づき吉凶を占った。
*本宮　熊野三山のひとつ、熊野本宮大社のこと。
四七 *金剛童子　密教の御法神（仏法を守護する鬼神）のひとつ。怒りの相をもつ童子の姿で、阿弥陀仏の化身とされる。
*岩田川　紀伊山地を流れる川。熊野権現《くまのごんげん》に詣でる人々の禊《みそぎ》の場であった。
*浄衣　神事や祭祀のときに着用する白布で仕立てられた衣服。
四八 *奉幣　神前に幣帛《へいはく》（神社で神前に奉献する供物）を捧げること。
*醍醐天皇　第60代天皇。寛平9（897）年即位。
四九 *福原　現在の神戸市兵庫区付近。平清盛が別荘を造営。日宋貿易の要衝となった。平家の拠点のひとつ。
五〇 *越前国の知行　越前は平清盛の嫡男、重盛が治めていたが、重盛の死後、後白河法皇は没収する。
*大宰帥　律令制の官職のひとつ。大宰府の長官。九州の行政、大陸との外交、防衛などを担った。
五一 *藤原師長　藤原頼長の子息。琵琶、今様に長け、後白河法皇もその才に一目おいた公卿。平清盛による、治承三年の政変で尾張国に配流される。
*法住寺殿　後白河法皇が浄土信仰のもと造営し、居住した院御所。現在の京都国立博物館、三十三間堂周辺からその南方に広大な敷地を有していた。

五二 ***入内**　中宮や女御などが正式に内裏《だいり》に入ること。今日の婚姻にあたる。

***俊寛**　後白河法皇に仕える僧。

***鳥羽の御殿**　現在の京都市伏見区の鳥羽あたりに造営された、皇室の大規模な離宮。鳥羽殿。

***紀伊二位**　藤原朝子《ふじわらのちょうし》。後白河法皇の乳母で、信西の妻。紀伊局《きのつぼね》とも呼ばれる。

五四 ***准三宮**　皇族や天皇の近親者、功労のあった公卿などに与えられた称号。

***宣旨**　天皇の命令を伝える文書。

***西八条**　六波羅とともに平清盛の邸があった地。現在の京都市のJR京都駅西側、梅小路《うめこうじ》公園あたり。

***以仁王**　後白河法皇の第三皇子。平家追討を呼びかけるが、事前に露見し、三井寺にかくまわれた後、興福寺を頼って逃げ延びる途中で殺される。

***源頼政**　清和源氏の流れを汲む摂津《せっつ》源氏の棟梁《とうりょう》。従三位《じゅさんみ》に叙せられたことから源三位《げんざんみ》と称された。

五五 ***三井寺**　滋賀県大津市にある名刹。園城寺《おんじょうじ》。

***福原遷都**　治承4（1180）年6月、平清盛によって、現在の神戸市兵庫区あたり（＝福原）に都が遷されたこと。約半年後に、都は京都に戻されることになる。

***大輪田泊**　福原のほど近くにあった港。平清盛が修復を行い、日宋貿易の拠点とした。

五八 ***須磨から明石**　ともに古来歌枕《うたまくら》でもある景勝の地。須磨は福原から7キロほど西、明石は須磨からさらに12キロほど西。

五九 ***絵島が磯**　淡路島北部にある観月の名所。

***吹上、和歌の浦**　ともに、今の和歌山市にある海岸。歌枕として知られる。住吉、難波、高砂も古来の歌枕。

***広沢**　現在の京都市右京区嵯峨広沢町にある広沢池。古来観月の名所だった。

***浅茅が原**　荒れ果てた野原を示す表現。

***蓬生**　ヨモギが一面に生えているような荒れ果てた土地。

六〇 ***宇治の巻**　「源氏物語」の「宇治十帖《うじじゅうじょう》」のこと。この場面は第45帖「橋姫《はしひめ》」に登場する。

六二 ***冷泉少将**　藤原隆房《ふじわらのたかふさ》。平家一門にも、後白河法皇にも親しく仕えた。妻は平清盛の娘。

***宿直**　宮廷などに宿泊し、警備などにあたること。

***弾正少弼仲国**　高階仲国《たかしなのなかくに》。雅楽を司る役所の楽人《がくじん》でもあった。弾正少弼とは弾正台という役所の次官の意。

六三 ***片折戸**　一方だけが開閉できる形式の折戸。

六四 ***釈迦堂**　通称、嵯峨釈迦堂と呼ばれる名刹、清涼寺《せいりょうじ》。

***亀山**　現在の京都市右京区嵯峨亀山町あたり。

***想夫恋**　雅楽《ががく》の曲名。

***妻戸**　家の端の方に、出入り口として設けた両開きの開き戸。

六六 ***目代**　国司の代理人。

***白山**　石川・岐阜両県にまたがる山系で、古来山岳修験の地であった。

六九 ***賀茂、春日**　賀茂は賀茂神社（上賀茂神社と下鴨神社）、春日は奈良の春日大社。

七〇 ***内侍**　天皇の身辺に奉仕し、取り次ぎや礼式を司った内侍司の女官。もしくは厳島神社の巫女《みこ》。ここでは後者。

***大庭三郎景親**　相模国《さがみのくに》の武士。保元の乱では源義朝側についたが、平治の乱の後、平氏に従う。

***右兵衛佐**　御所の門を警備したり、行幸の折に警護する役所、兵衛府の次官。

七一 ***院宣**　院（上皇、法皇、女院）の言葉を文書化したもの。

***萌黄威の鎧**　明るい緑色の組糸を用いて作られた鎧。

七二 ***大衆**　僧の集団。衆徒。

七三 ***奈良坂、般若寺**　奈良市北部の、京と結ぶ坂が奈良坂。現在の奈良坂より西方にあったと思われる。般若寺は現在の奈良坂近くにある。

七四 ***十津川**　奈良県南部、山深い地を流れる川。またその沿岸一帯。

七四　***藤原不比等**　藤原鎌足《ふじわらのかまたり》の子で、光明《こうみょう》皇后の父。藤原氏繁栄の基礎を築いた。

＊金銅十六丈の盧舎那仏　天平時代（8世紀中期）、聖武天皇の命により造像された東大寺の盧舎那仏（＝大仏）のこと。平重衡による南都焼き討ちで、造像以来初めて、焼損した。

七五　***法相、三論**　ともに、南都六宗の重要な宗派。

＊天竺、震旦　天竺はインドの古称、震旦は古代中国の別称。

＊千手井　比叡山山王院の千手観音に供える水を汲む井戸。

＊愛宕　京都東部にあった地名。

二、三位中将維盛

七八　***清盛入道**　入道は仏門に入っても在俗の生活を続けている人。仁安3（1168）年、平清盛は出家し、その後入道と呼ばれるようになる。

七九　***国母**　天皇の母。皇太后。

八〇　***小袖**　貴族が装束の下に着る白絹の下着。

八一　***青海波**　雅楽の曲名。数ある舞楽の中でも、もっとも優美華麗な曲とされる。

八二　***光の君**　『源氏物語』の主人公、光源氏のこと。

＊山城守基兼　中原基兼《なかはらのもとかね》。後白河法皇の近習。

＊式部大輔雅綱　藤原章綱《ふじわらのまさつな》。後白河法皇の近習。古典の『平家物語』では雅綱と表記される。

＊平判官康頼　平康頼《たいらのやすより》。後白河法皇の近習。

＊宗判官信房　惟宗信房《これむねのぶふさ》。

＊多田蔵人行綱　摂津源氏の流れを汲む武士。後白河法皇を警護する北面の武士。

八七　***平頼盛**　平清盛の異母弟。

八八　***草摺**　鎧の一部。大腿部を防御する。

八九　***淀の六田河原**　現在の京都市伏見区から乙訓郡大山崎町あたりの河原と思われる。

＊二位僧都全真　比叡山の僧。平時子の甥。

＊関戸院　現在の大阪府三島郡島本町山崎。関所があったという。

＊男山八幡宮　石清水八幡宮のこと。現在の京都市の西南方、京都府八幡市にある八幡信仰の中心的神社。

九〇　***源行家**　源頼朝の叔父。木曽義仲と行動をともにした武将。

＊高倉院の遺児四宮　後の後鳥羽天皇。

＊一の谷　現在の神戸市須磨浦あたり。前面に海、背後に絶壁の崖が迫っていた。

＊八島　香川県高松市北東部にある陸繋島。源平の古戦場で、当時は陸と繋がっていなかった。屋島ともいう。

九一　***高野山**　和歌山県東北部の山中にある真言密教の聖地。弘法大師空海によって開かれた。

九二　***舎人**　皇族、貴族に仕えた下級官僚。

＊左中将清経　平清経。平清盛の長男・重盛の三男。維盛の弟。

＊備中守師盛　平師盛。平清盛の長男・重盛の五男。維盛の弟。

＊岩代の王子　熊野参詣路に多く配置された王子（熊野権現の末社）のひとつ。現在の和歌山県日高郡みなべ町の岩代海岸に跡地がある。

＊権守　律令制において長官（かみ）に次ぐ官。

九三　***熊野三山**　和歌山県南東部、熊野地方にある本宮、新宮、那智の三つの神社。

＊浜の宮　和歌山県東牟婁郡那智勝浦町浜ノ宮にある王子のひとつ。

三、無官大夫敦盛

九六　***経盛**　平経盛。古典の『平家物語』では平忠盛の次男。平清盛の弟。

九七　***敦盛**　平敦盛。無官大夫《むかんのたいふ》（五位で官職をもたない者）。平経盛の三男。

九九　***雑兵**　身分の低い兵。

＊練貫　生糸を経に、連糸を緯に織った絹織物。

＊萌黄色　黄と青の間のような色。
一〇〇　**＊武甕槌大神**　記紀《きき》神話に登場する剣神。
一〇二　**＊正三位**　律令制における位のひとつ。従二位《じゅにい》の下、従三位の上。
一〇四　**＊職事**　親王・女院・摂関家などの家政を司る職員。
＊落飾　貴人が髪をおろして仏門に入ること。
一〇五　**＊中納言教盛**　平教盛。平清盛の異母弟。
＊筑紫　現在の九州地方北部。ここでは平家一門がたどり着いた大宰府を指す。
一〇六　**＊宇佐宮**　大分県宇佐市にある神社。八幡信仰はここから始まったとされる。
一〇七　**＊経正と経俊**　平経盛の嫡男、平経正と次男、経俊。敦盛の兄。
＊五衣　十二単といわれる女房装束の内側に、5枚重ねて着る衣服。

四、建礼門院徳子

一一三　**＊治承二年**　1178年。壇ノ浦の戦いの7年前にあたる。
一一六　**＊経の島**　日宋貿易の拠点として、福原の港に防波堤として築かれた人工島。
＊立太子　公式に皇太子として立てること。
一二〇　**＊内親王**　天皇の姉妹。皇女のこと。
一二二　**＊典薬頭**　宮中の医薬、薬園に携わる役所の長官。
＊藤原成経　藤原成親の子。妻は平清盛の弟、教盛の娘。
一二四　**＊言仁**　後の安徳天皇の諱《いみな》。
一二六　**＊厳島内侍腹の姫君**　平清盛が厳島神社に奉仕する巫女との間にもうけた娘。
一二八　**＊女院**　天皇の母や皇后で、朝廷から「院」または「門院」の称号を受けた女性。

五、二位尼時子

一三三　**＊東大寺、興福寺を焼いた悪行**　治承4（1180）年12月に平清盛の命により、平重衡が指揮して、東大寺、興福寺（＝南都）の大寺院を焼失させた事件。「南都焼き討ち」として知られる。
一三四　**＊市女笠**　平安時代、女性が外出時にかぶった菅《すげ》などでできた笠。
一四九　**＊供奉**　行幸、御幸などの折に臣下などが行列に加わること。
＊上臈　身分の高い女性。
＊阿波局　阿波内侍。安徳天皇に仕えたといわれ、壇ノ浦の戦いの後、安徳天皇の母である建礼門院に女房（侍女）として仕え、晩年をともにした。

六、後白河法皇

一五四　**＊孫の先帝**　第81代安徳天皇。第82代後鳥羽天皇の即位により先帝（前天皇）となる。
一五五　**＊娘は帝に入内**　娘とは平清盛と二位尼（平時子）との娘、徳子。第80代高倉天皇に入内。
一五七　**＊神崎**　摂津国、現在の兵庫県の神崎川《かんざきがわ》河口付近の地名。水上交通の要衝で、遊女が多く集まっていた。
一五九　**＊崇徳院が兵を起こし**　保元元（1156）年にあった保元の乱。崇徳上皇側と後白河天皇側との間に起こった内乱。
一六〇　**＊信西と藤原信頼がいがみ合うようになった**　平治元（1159）年にあった平治の乱。ともに後白河法皇の側近だった信西と藤原信頼が対立。
＊今様を集め　後白河法皇が編者となりまとめられた歌謡集「梁塵秘抄」のこと。歌詞集十巻と口伝集十巻からなる。
一六二　**＊清盛の孫による摂政への狼藉事件**　嘉応《かおう》2（1170）年に、清盛の嫡男・重盛の子、平資盛と、時の摂政、藤原基房との間に起きた事件。古典の「平家物語」では、「殿下乗合《てんがののりあい》」に平家の悪行の始まりとして描かれる。本書、一章にも登場。
一六四　**＊除目**　官職を任命する朝廷の儀式。
＊比叡山の僧兵たちが強訴を起こした際　治承元（1177）年にあった

事件。古典の「平家物語」では「御輿振《みこしぶり》」に描かれる。
一七〇 **＊寅の刻**　現在の午前4時ごろ。
＊六波羅池殿　六波羅の平家の邸内にあった、平清盛の継母、池禅尼の邸宅。当時は清盛の弟、頼盛邸だった。現在の京都市東山区池殿町周辺。
一七四 **＊親王宣下**　天皇が、皇子女に親王の称号を許す宣旨を下すこと。
一七五 **＊勧進帳**　寺院の建立、修繕のための寄付を集めるために使用する巻物。寄付の趣旨が記されている。
＊高雄　京都北部の地名。鎌倉時代に文覚が復興した神護寺がある。
一七六 **＊烏帽子**　元服した男児が着用したかぶりもの。貴族は平常時にも着用した。
＊文覚　真言宗の僧。元は武士。頼朝に、平家追討を促したといわれる。
＊前右兵衛督光能　藤原光能。兵衛府《ひょうえふ》の長官だった。
一七八 **＊義賢**　源義賢。源為義の次男。義朝の異母弟。木曽義仲は義賢の次男。
＊中三兼遠　中原兼遠。乳母夫《めのと》として義仲を後見し、挙兵への段取りを取り仕切ったといわれる。
一八〇 **＊北条の娘**　伊豆の豪族、北条時政《ほうじょうときまさ》の長女で、頼朝の妻となる北条政子《ほうじょうまさこ》を指す。
＊幼い天皇　後白河法皇の皇子、高倉天皇と、平清盛の娘、徳子の間に生まれ、わずか3歳で即位した安徳天皇のこと。
＊従五位　律令制における位階のひとつ。従五位以上は内裏への昇殿を許され、殿上人といわれた。
一八一 **＊猫間中納言光隆**　藤原光隆。「猫間」は都の南部、七条あたりにあった地名。
一八二 **＊狩衣**　公家が着用した略服。
＊雑色　院御所などで雑務を担当した下級の役人。
一八三 **＊鼓判官知康**　平知康。鼓に長けていたため、鼓判官と呼ばれた。今様も巧みで後白河法皇に重用された。
＊天台座主明雲大僧正　天台座主とは天台宗の宗本山、比叡山延暦寺の長官のこと。明雲は座主として平清盛や後白河法皇らと関わりが深かった。
＊園城寺長吏円恵法親王　法親王は出家した後、親王宣下を受けた皇子。円恵は後白河法皇の第四皇子で、延暦寺とともに大きな影響力をもっていた園城寺（三井寺）の長吏《ちょうり》（長官）を務めた。
一八四 **＊四方拝**　天皇が天地四方を拝し、五穀豊穣《ごこくほうじょう》などを祈願する皇室の祭祀。元旦に行われる。
＊鰚　正月に朝廷に献上された淡水魚。鱒の一種といわれる。
＊勢田　琵琶湖の南、現在の滋賀県大津市にある瀬田川への流出口周辺の地名。京都南部の宇治とともに、都防衛の要衝とされた。
＊範頼　源範頼。源義朝の六男、頼朝の異母弟、義経の異母兄。
一八六 **＊紫裾濃**　上から下に向けて徐々に紫色が濃くなるように染めたもの。
＊大膳大夫　宮中での食事や儀式での饗膳を担当した役所、大膳職《だいぜんしき》の長官。
＊広廂　寝殿造において、廂の外側の、一段低くなった吹きさらしの部分。

七、九郎判官義経

一九〇 **＊鞍馬寺**　京都市北部、鞍馬山中腹にある寺院。
一九二 **＊兄上二人はあの乱の折**　「二人」とは源義平《みなもとのよしひら》と源朝長《みなもとのともなが》。ともに父義朝の死の前後に亡くなる。「あの乱」は平治の乱を指す。
＊同腹の兄　義経と同じく常盤《ときわ》を母とする二人の兄、全成《ぜんじょう》（今若《いまわか》）と義円《ぎえん》（乙若《おとわか》）。
＊藤原秀衡　奥州藤原氏の3代目当主。亡くなるまで義経を庇護《ひご》し続けた。
一九三 **＊奥州と都を行き来する商人**　金売吉次《かねうりのきちじ》。奥州の金を都に運んで商いをした。
一九四 **＊三草山**　一の谷の合戦に向かった義経軍が平家軍と戦闘に及んだ地。現在のどこにあたるかについては諸説ある。
＊鵯越　義経の「逆落《さかお》とし」の舞台。現在のどこにあたるかは諸説あり、定かではない。

一九五 ***白葦毛**　馬の毛色の名。黒や濃褐色に白毛が多く混じったもの。

一九七 ***唐綾威の鎧**　中国伝来の綾織物で綴り合わせた鎧。

***黄河原毛**　馬の毛色の名。黄色みのかかった土器《かわらけ》色。

一九八 ***湊川**　平家の拠点、福原近くを流れていた川。一の谷から東方に位置する。

二〇四 ***六道四生**　仏語。六道は、命あるものが生前の行いによって、生死をさまよう六種の世界で、「地獄道」「餓鬼《がき》道」「畜生《ちくしょう》道」「修羅《しゅら》道」「人間道」「天道」のこと。四生は、六道のどこかに生まれるときの、「胎生《たいしょう》」「卵《らん》生《しょう》」「湿生《しつしょう》」「化生《けしょう》」の四種の生まれ方。

二〇五 ***極楽のうてな**　うてなは台のこと。ここでは、極楽往生したものが座るとされる蓮台《れんだい》を指す。

結、阿波内侍

二一一 ***武士の娘**　武士である平清盛の娘、つまり建礼門院徳子のこと。

***幼帝**　建礼門院が産んだ、第81代安徳天皇のこと。壇ノ浦の戦いで、数え年8歳で亡くなる。

二一三 ***丹後局**　高階栄子《たかしなのえいし》。後白河法皇の寵愛を受けた女房。

二一四 ***吉田のあたり**　京都東山の麓の地名。現在の京都大学があるあたり。

***大原の寂光院**　大原は洛北、鞍馬街道沿いにある山里。寂光院は推古天皇2（594）年創建。由緒ある尼寺。

***賀茂の祭り**　陰暦4月の中頃に行われる賀茂神社の祭礼。現在の葵祭。

***徳大寺、花山院、土御門**　それぞれ、内大臣藤原実定《ふじわらのさねさだ》、大納言藤原兼雅《ふじわらのかねまさ》、権中納言 源 通親《みなもとのみちちか》。

***北面の武士**　院御所の警備を担当した武士。

***補陀落寺**　洛北鞍馬街道沿い、現在の京都市左京区静市静原《しずいちしずはら》町にあった寺院。

***小野皇太后宮**　藤原歓子《ふじわらのかんし》。第70代後冷泉《ごれいぜい》天皇の皇后。

二一六 ***鳥羽や福原**　皇室の離宮があった京都南部の鳥羽と、平家の別荘があった兵庫の福原。ともに後白河法皇が平家によって幽閉された地。

二一七 ***五戒を守り十善を実行**　五戒は仏教の五つの戒め。十善は殺生《せっしょう》や邪淫《じゃいん》、貪欲など十の悪行を行わないこと。

二一八 ***故少納言入道信西**　藤原通憲《ふじわらのみちのり》。信西は出家後の名。後白河法皇のもとで活躍したが平治の乱で自害。

二一九 ***来迎の三尊の像**　死者を極楽浄土へ導くためにあらわれる阿弥陀如来と脇侍《わきじ》の観音菩薩、勢至《せいし》菩薩。

二二〇 ***鳥飼の中納言伊実の娘**　安徳天皇の乳母であった藤原輔子《ふじわらのほし》。大納言《だいなごんの》佐《すけ》と称した。晩年の建礼門院に仕え、阿波内侍とともに最期を看取ったといわれる。

二二一 ***隆房、信隆**　藤原隆房《ふじわらのたかふさ》、藤原信隆《ふじわらののぶたか》。ともに平清盛の娘を妻とした。妻たちは壇ノ浦の戦いの後、建礼門院の世話をする。

二二二 ***寿永の秋**　寿永2（一一八三）年7月（旧暦では秋）、木曽義仲の上洛を機に平家一門が都落ちしたときのことを示している。

二二六 ***那須与一**　那須宗高《なすのむねたか》。弓の名手とされた東国の武士。八島の戦いで、扇の的を射た話で有名。

***こなたかなたを叡覧あれば**　「あちらこちらをご覧になると、庭の草には露が重くかかって垣根の方に倒れかかっている。外の田は水が豊かに溢れ、鴫が降り立つ隙間も見あたらない」の意。

二二七 ***こしかたゆくすゑの事ども**　「これまでのこと、そしてこれからのことを思い、涙にくれておられると、やまほととぎすがちょうど鳴いた。そこで女院は、『ほととぎすよ、さあ、それならば涙を比べよう。私も同じようにこの憂き世を悲しんで泣いてばかりいるのだよ』と歌をお詠みになった」の意。

人物相関図

平家（桓武平氏）

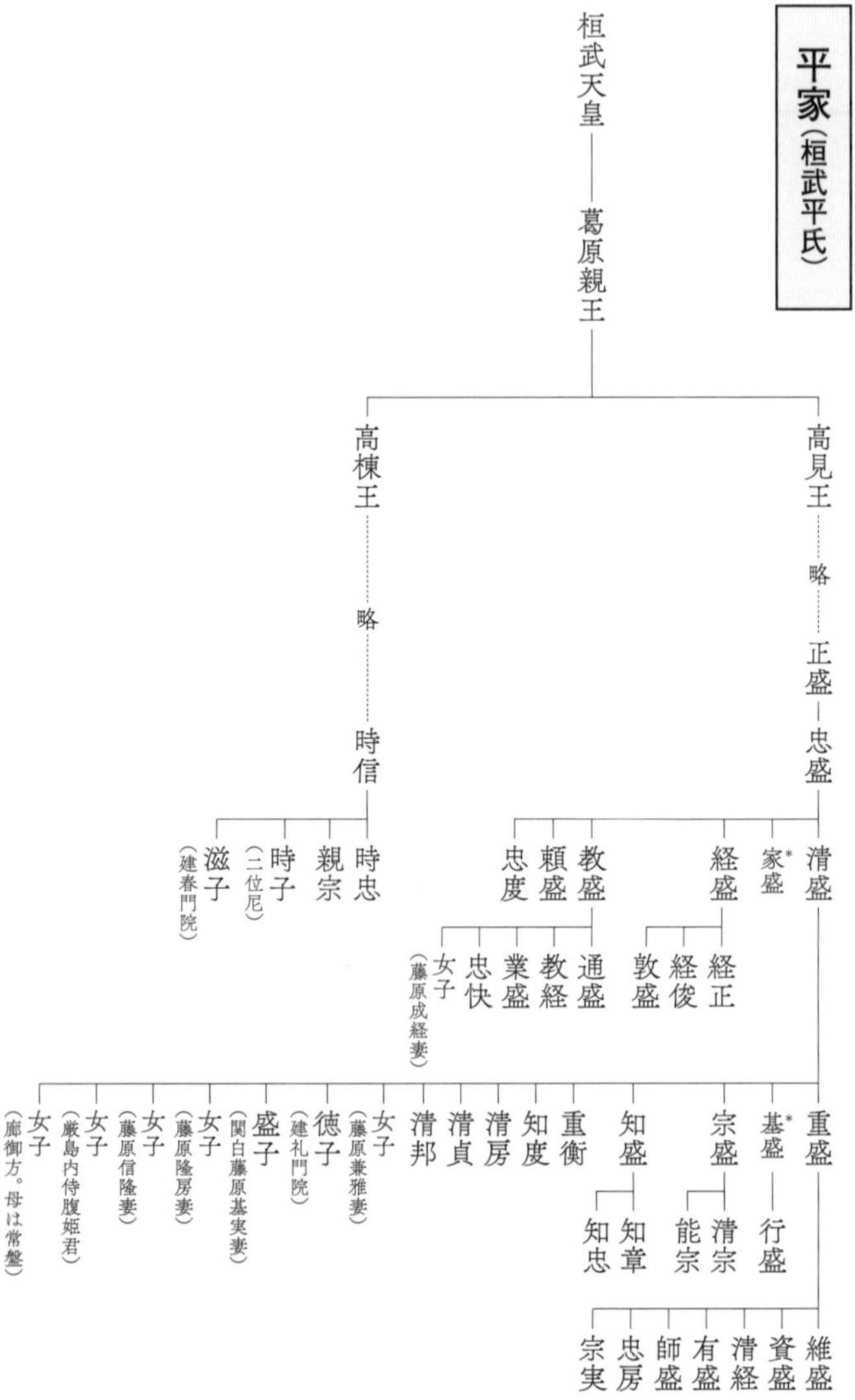

源氏（清和源氏）

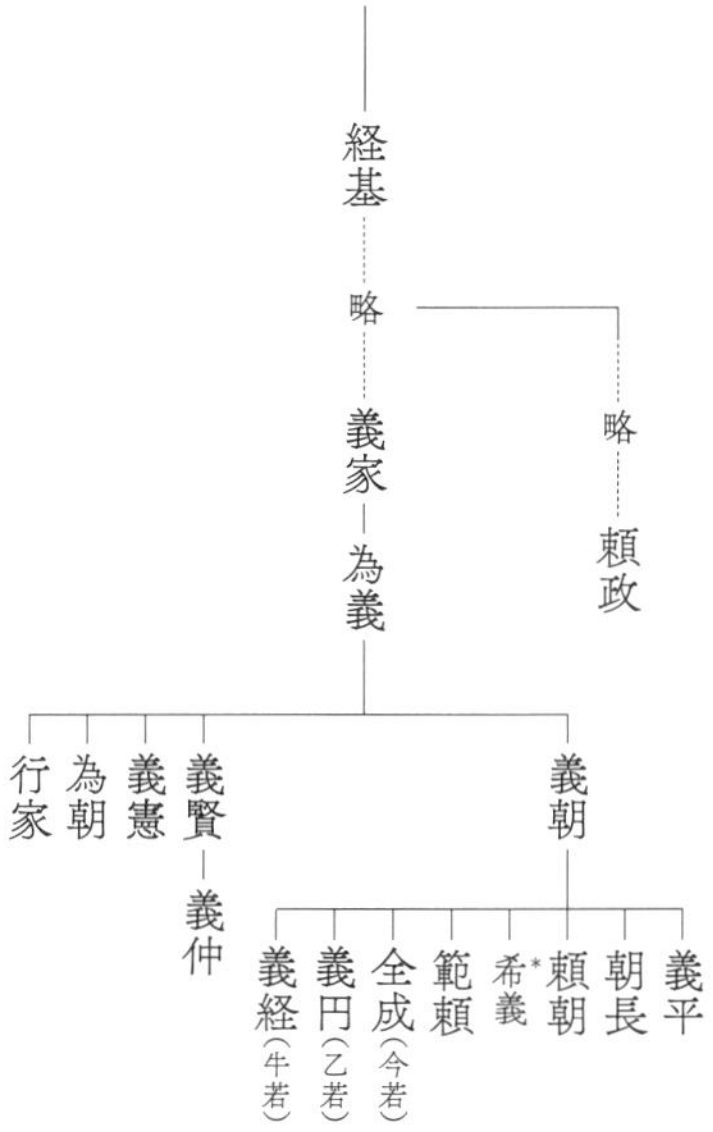

皇室

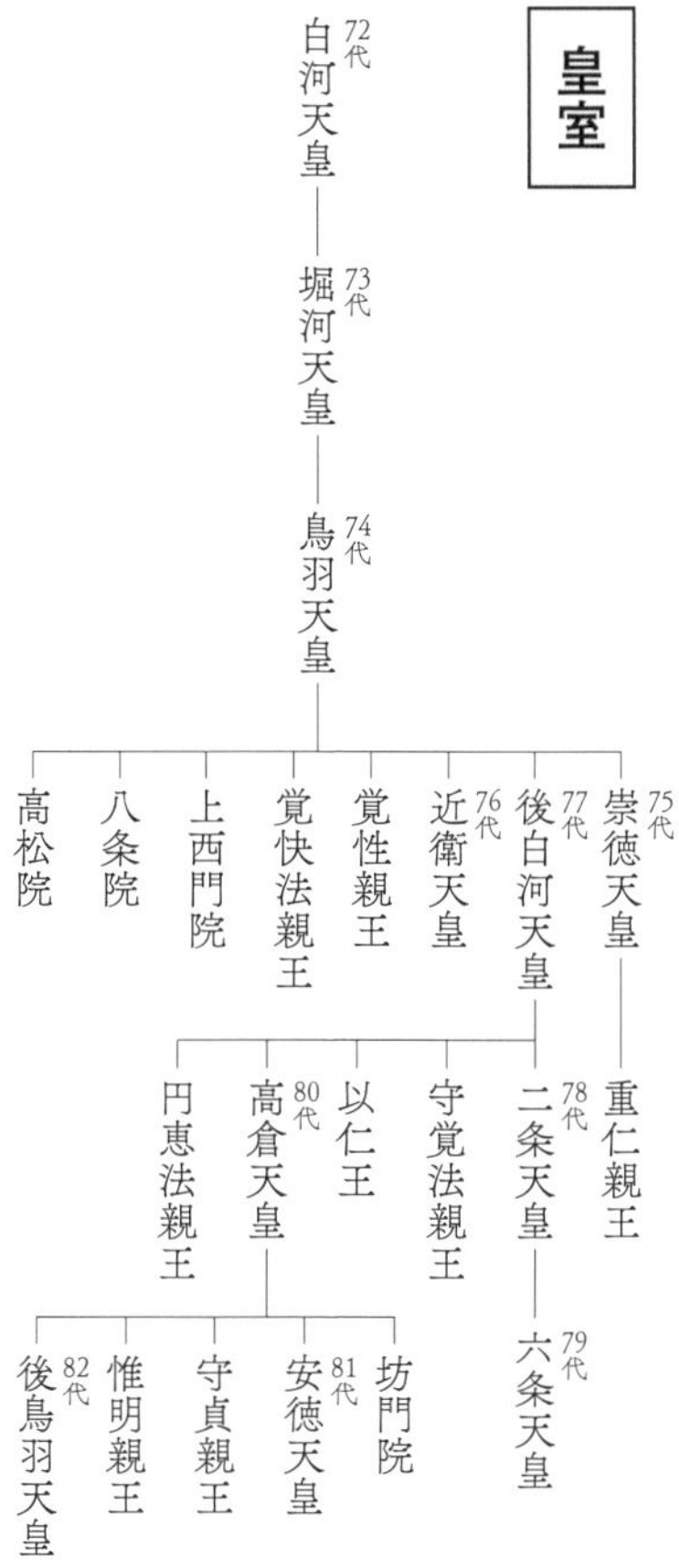

この人物相関図は、代表的な人物の関係を示しています。
人物相関図中の「＊」の付いた人物は、原典となる古典の「平家物語」には登場しません。

この作品は『和樂』二〇二一年一〇・一一月号より
二〇二三年八・九月号まで掲載されたものに、
加筆・修正をして単行本化したものです。

平家物語

二〇二三年一一月二九日　初版第一刷発行

著者　林真理子
発行者　高橋木綿子
発行所　株式会社 小学館
〒一〇一－八〇〇一 東京都千代田区一ツ橋二－三－一
電話 編集〇三－三二三〇－五一一八
販売〇三－五二八一－三五五五
印刷所　大日本印刷株式会社
製本所　牧製本印刷株式会社

ISBN 978-4-09-386698-9